文治
© wénzhì books

目 录

未来预报

1

那十年是我人生中最重要的一段时光。

然而，这并不意味着我在那段时光解决了人生中的大问题，或是经历了苦难，我只是慵懒地度过了一些平淡无奇的日子罢了。所以，听完我那十年的人生故事，很多人会觉得十分无聊，是浪费时间吧！

现在，一切都已经结束了，而我也可以平静地将那些当作往事告诉别人，不过当时我却无法向任何人提起。十年前，我无所畏惧，什么也不去思考，只是一味地玩乐；而几年前的我，却对自己的生活方式产生了强烈的懊悔。

但无论如何，我心里始终想着那个女孩。

上小学的时候，家的位置相当重要。譬如，学校举行活动的时候，学生会被按照住址所在的区域进行分组，而上学或放学时因为路线相同，住得近的同学也常常在路上相遇。

确切地说，我和清水之间除了住得近之外，就没有其他的关联了。我和她在学校都属于那种不起眼的学生，平常也几乎不交谈。

清水似乎很喜欢看书，平日她的左手总是提着一个手提袋，用来随身携带从图书馆借的书。她身体不好，有时会请假，我就得在回家的时候，将学校供应的面包给她送到家里。

我们就读的小学向学生提供的午餐，是由营养午餐供货商供应以及配送的。米饭和面包轮替供应，面包通常是吐司或橄榄形餐包，偶尔也有葡萄面包或牛角面包。

如果有一位同学缺席，就会有一份午餐多出来，所以必须有人把面包送到缺席者的家里，而这个人通常是住在缺席者家附近的同班同学。也就是说，每当清水没来上学的时候，我的身份就变成了面包投递员。

十年前的那一天，雨从早上就开始下个不停。我撑着伞走在回家的路上。天空中落下的无数水滴，清洗着住宅区的每一个角落。柏油路上凹陷的地方积了水，形成一些小小的水洼。走着走着，我的鞋完全被雨打湿了，雨伞根本就遮不到脚。我很讨厌雨伞，雨伞一定要占用一只手将它举着，很不方便，而且风一刮，雨伞就似乎要飞走一样。我甚至想，还不如淋着雨回家呢。别人实在无法理解我是多么憎恶雨伞，我甚至希望它从这个世界上消失。

再走五分钟就可以到家的时候，我发现一户人家的前面伫立着一个女孩。她撑着黄色的雨伞，背着红色的书包，是清水。她有些不安地抬头望着那栋房子。

那房子是很普通的独栋房屋，周围像盖印章似的排列着同样的建筑。听母亲说，那栋房子就是刚转学到我们班上的那个男生的家。

那家伙叫古寺直树，因为当天应该上学的他没有来，所以我和他还没有见过面，不知道他长得怎样。

想到这里，我明白清水在他家门前出现的原因了，一定是老师要她把面包带到这个男生家去的吧！

我装作什么都不知道，上前和她搭话。

"你在干吗？"

她回过头来，看见是我，好像松了一口气似的。

"我来送面包。"

她好像不敢一个人按门铃进去拜访，所以站在门口努力让自己放轻松。虽然她没有这么说，但我是如此理解的。

"是吗？"

我一边说，一边自作主张地按了他家的门铃。

清水不禁轻轻地"啊"了一声。

不一会儿，一个和我年纪差不多的男孩打开了门。我立刻就知道他是古寺直树本人，同时感觉到身后的清水有点紧张。

"你们是谁？"

古寺微微偏头，站在门内问我和清水。我在同龄的孩子当中算是高个子了，但我还从未见过像古寺这么高大的。不过他的肩膀很窄，戴着眼镜，下巴尖尖的，整个身体像一根木棒。本来以为他没来上学可能是生病了，但他的脸色看起来很好。

"我们来给你送面包，学校午餐供应的面包，会让同学把面包送到缺席者的家里。"

送面包的本来不是我，而是清水，但为了方便，我就这样解释。如此一来，他似乎知道我们是谁了，于是带着苦笑说道："小学总有一些奇怪的规矩，无论走到哪里都一样。"

我从父母的闲谈中得知，他父亲的工作需要不停地调迁各地，因此他也跟着不停地搬家，现在是暂时和我们就读于同一所学校。

古寺招了招手，示意我们进去。我进了门，走上台阶，收起了令人厌恶的雨伞，往后面一看，清水还呆呆地站在门口。

"来吧！不是要把面包给他吗？"

在我的催促下，她一边点头，一边慌慌张张地来到玄关前，站在我的旁边。她收起黄色的雨伞，慌忙地想从沾满雨滴的书包里取出面包，但古寺制止她说：

"等等，先进来再说吧！"

"把面包拿给你就没事了。"我这样回答，因为事情本来就跟我没有关系。

"我给你们看一件有趣的东西。"

古寺愉快地拽着我和清水的手说道。

脱鞋的时候，清水还是犹豫了一下。

"我还……还是回去吧……"

可是古寺却像挽留老朋友似的，硬是把我们推上了楼梯。

古寺的房间实在很单调，里面只有床、桌子和电视。他不知道从什么地方拿出三个坐垫放在地板上，让我和清水坐在上面。清水身上紧张的气息，透过空气传到我那被雨水打湿而冰冷的手腕上。

"你叫什么名字？我们是一个班的吧？"

古寺问我。于是，我告诉他自己和清水的名字，并说我们就住在附近。

"听说你今天原本要来学校的，为什么没来？生病了？"

"没有，只是觉得麻烦，所以没去。"

可能对于频繁转学的他来说，学校就是那么回事吧！而我只是一个普通的小孩，所以觉得因为麻烦而拒绝上学的他，有一种不良少年的帅劲。

可是，他究竟为什么要让我们进来呢？毕竟我们才第一次见面啊！正当我纳闷的时候，他愉快地拿出了一个笔记本。

"我让你们进来不为别的，就是要让你们看看这个。你们一定会大吃一惊的！"

那个笔记本似乎一点也没有被爱惜，被弄得脏兮兮的。古寺翻开了中间的某一页，上面只有三行铅笔字，奢侈地排列在中间位置。

第一行写的是一年前某一天的日期，第二行写的是今天的日期，第三行写着某个名人的名字。那名字很眼熟，似乎是一个最近很受欢迎的电视节目主持人。由于患了癌症，他在两个月前便开始住院接受治疗，而那个节目也换了别的主持人。

这又怎么了？我完全不懂这是什么意思。我看了看古寺，他拿起电视遥控器，轻轻笑了一笑。

"你们上学去了，可能还不知道吧？"

说着，他打开了电视。电视正在播放新闻，主播用严肃的语气报道着什么。不一会儿，我发觉那是一则有关某位名人死讯的报道。

那个死去的名人，正是古寺的笔记本上所写的那个人。

"好像是今天中午死的。你瞧，很有意思吧？"

我心想：对别人的死幸灾乐祸，真是一个没有教养的家伙。

"这个日期是什么？"

一直默默看着笔记本的清水终于发出了声音。她用手指着笔记本上那三行字的第一行。

古寺的表情好像在说：这个问题问得好！

"第一行是写下这些文字的日期。"

"啊？你是在一年前写下的这个喽？"

古寺点点头。

一瞬间，我们都沉默了。尽管如此，我仍然摸不着头脑，可是清水却瞪大了眼睛轮流看着笔记本、古寺和电视机。

"你怎么了？"

我这样一问，清水突然把头转向我，那气势简直就像要从坐垫上跳起来似的。

"一年以前，应该谁都不知道他得了癌症啊！"

古寺预先知道了今天要发生的事情，并在一年前写在笔记本上。也就是说，他能知晓未来将要发生的事情。清水如此说明。

"要是不相信也无所谓。"古寺说。

让我们以为是一年前写下的，其实是今天看了新闻之后才写的吧！不过是一些捉弄人的小把戏罢了。古寺好像看透了我心里的这种想法，他说：

"从几年前开始，我就常常'看'得到未来。于是，我就把看到的都写在笔记本上。"

清水翻阅着古寺的笔记本，我也在一旁看，每页都只写了三五行字。

每页的第一行都是日期（古寺解释说那是做记录时的当天日期）。第二行就写了各式各样的内容，如人名或地名什么的，基本上是一些词语的排列。第二行写上日期的，好像只有名人死亡的今天。

"这上面记录的全都应验了吗？"

古寺搔了搔头。

"倒没有，百分之五十左右……不，也许更少，其中可能有一些应验了，却无从证实。"

古寺似乎并不清楚哪一页的记录会在何时成为怎样的事实，毕竟笔记本上只是罗列了一些词语而已。今天的事情也一样，上面没有明确写着"某名人去世"等字句，只是记录了那个名人的名字。

我想起了诺查丹玛斯的预言书，那不也是骗人的把戏吗？事先用暧昧的词语拼凑成诗句，一旦有什么事情发生，就找来意思相似的诗句，说那件事早就被预言了。

"虽说看得见未来，但也不是完全准确，不一定都对。"

古寺如此说明。因为他这种能力就像天气预报一样，并不是绝对准确的，所以他称之为"未来预报"。

那天以后，我和清水两人常常在回家途中到古寺家。她好像没办法一个人去按古寺家的门铃，如果我问她是不是这样，大概会遭到否定，但我总觉得我的判断是正确的。

"你回家时会去古寺家吗？"

放学后，清水畏畏缩缩地和我说话。

"是的，反正也没有事。"

"我可以和你一起去吗？"

我们约好在古寺家门口会合。

"当我看见未来的时候，就像走夜路时突然看见两旁一晃而过的招牌那样。"古寺说。

这是他对于"看见未来的时候是什么感觉"这个问题的回答。

"看见未来的一瞬间，是很模糊不确定的，总会怀疑是不是自己看错了。但是，当它消失在黑暗中的时候，又会觉得那一定是未来将会发生的事情。"

据古寺说，他看到过一些鲜明的图像，就像看照片一样；有时却只是一串数字，从黑暗中浮现出来。

笔记本的某一页上，记录着一行混合了数字和英文字母的文字，有十来个那么长。

"这代表什么意思？写下这个的时候，你看到了怎样的未来？"

古寺耸了耸肩。

"我自己也不晓得这是什么意思，脑海里只是浮现出这样一组文字。有可能是伪钞的号码，也有可能是可以中一亿日元的彩票号码。"

据古寺说，这种文字排列的未来预报最难解读。情况好的时候，能看见像摄影机拍下的画面那样清晰的未来景象。他还补充说，即使是这样的未来预报也是不确定的。我心想，这真是一种奇怪又不够明确的，且没什么用处的能力。

古寺的预言能力是真是假，我无法判断，有可能确有其事，但也有可能纯属偶然。

清水却深信不疑。

"你是不是相信血型、占卜之类的东西？"我问她。

"是啊，我相信啊。"

她好像想说：这是理所当然的事，为什么还要问呢？

遗憾的是，有一天，我终于知道了古寺的预言能力只不过是个骗局。

"小泉，你家会养一只白色的小狗。我前几天睡觉前，看见你抱着一只白色小狗的景象。"

实际上，我家的狗并不是白色的。古寺对我说了这番话的三天后，父亲带了一只黑色小狗回来。

的确，他说对了我家开始养狗的事情，不过这是有原因的。

我母亲曾这么说过："前几天，我和古寺太太，还有你爸爸同事的太太聊天，提到想养一只小狗，最好是白色的……"

但是，父亲同事的家里没有白色小狗，只有黑色的，所以我家就养了黑色小狗。

古寺应该是从他母亲那里听来的吧！于是就利用这个做预报。

可是，我没有揭穿事情的真相。一看见清水认真地听着古寺讲话的表情，我就觉得不能把这件事捅出来。

终于，那一天来了。那天是我喜欢的阴天，不冷不热。风稍微有些大，天气预报说几天后将有暴风雨来袭。从古寺房间的窗户，可以看见屋子侧面的树木被风吹得弯曲，发出声响，树叶"哗哗"地不停晃动。

每次到古寺家，他的父母都不在，所以我和清水可以毫无顾忌地登门拜访。

而且，我们并不总是谈论未来预报的话题。虽然那是清水的兴趣，但我们也聊了很多其他没营养的话题，比方古寺从前住过的地方、遇见的人和其他有趣的事。

古寺给我看之前就读学校的同班同学送的卡片。因为古寺一直不去上学，所以他和那些同学并没有见过面。我看着卡片，忽然问清水：

"对了，去年的班刊上，你写了什么？"

去年年底的时候，班上制作了一本班刊，同学们必须在班刊上写下自己未来的愿望。

"我写了，想当一名绘本作家。"她害羞地回答。

"小泉，你呢？"

"至于这个嘛，我……我不能告诉你。"

清水噘着嘴说："狡猾！"

其实，我只是想不起来而已。那可是我最大的烦恼，我记得当时被问到将来的梦想，我实在没有办法，就随便写写敷衍了事。后来，我觉得那本班刊实在无聊至极，就把它扔了，现在也无法确认当时自己到底写了什么。

我和清水穿好鞋子准备回家，古寺也出来送我们。他抬头仰望天空，风越来越大，清水不断压着被风吹乱的头发。

"那么，再见了！"

就在我道别的时候，忽然发觉古寺的样子有些奇怪。他原本望着天空快速飘动的云，不知何时，眼睛已经转向我和清水，但他视线的尽头似乎又非常遥远，像在注视着遥远的木星。

"我又看见了未来……"

不一会儿，他眨了眨眼，用肯定的眼神看着我说话，脸上带着笑，好像遇到了什么有趣的事情。

我想古寺大概又在故弄玄虚，所以只是半信半疑地点了点头。

"想听吗？"古寺说。

"无所谓。"我说。

清水拽了拽我的衣袖。

我看看她的脸，她真的很想听。

"是这样的。"他说，"你们两个只要其中一方没有死的话，就会结婚。"

2

我们的家离得很近，从二楼的窗户向外望去可以看见彼
此家的屋顶。也因为住得近，我从小就被拿来和清水比较。

"听说清水加奈在数字测验中得了全班第一名呢！"

母亲说起我这个住在附近的同学，就充满了羡慕之情，
而看着我的考卷分数却只是叹气。

我没有和清水一起玩过的记忆，也没有因为某个共同话
题而跟她热切讨论过。我们从来都没有刻意留意过对方，但
古寺那番莫名其妙的话，却让我觉得很不愉快。

我清楚地记得古寺说出那段荒谬话语后的情景。他说完
之后就进屋去了，留下我俩默默无言地伫立在强风中。

"嘿，我跟你说，那家伙的预报简直就是胡言乱语……"

我本想打破尴尬，因为我觉得清水当时快要哭出来似的。她似乎根本没有听到我说的话，我看她的表情就知道。她只是看着我，表情就像一只触电的猫，除此之外没有其他反应。

"回去吧！"

我想老是这么站着也不是办法，说着就在她鼻头前用手拍了一下。她"哇"地吓了一跳，差点摔倒，在她身上静止的时间又开始流动了。

走了没多久，我面朝我家的方向，她面朝她家的方向，我们就此分道扬镳。从古寺家到分开走的这段路上，我们一句话也没有说。可是，连分别的时候也不出声似乎太冷淡了。

"再见。"我对她说。

清水看着我，轻轻点了点头，然后就跑开了，弄得背上的书包"咚咚"地响。

虽然我们一直以来没怎么说话，可是自从听了古寺的预报后，大概是因为难为情吧，我们开始在学校里有意无意地躲着对方。

我开始不想走近她。从前在走廊上相遇时，我们会平淡地擦肩而过，现在却很难做到，碰上了就不知道眼睛该往里看。

古寺依然没来上学，我也没有再送面包到他家，但清水依然老老实实地做着"面包投递员"这份差事。

有一次我在古寺家门前看见了她，虽然我一眼就看出她是送东西去的，却不敢像以前那样和她一起去探望古寺，反而绕道而行，怕被她发现。

梅雨过后，夏天来了。

我和古寺常常骑着自行车到处玩。他没有去上学，朋友却很多，而且不限于我们班，还有其他年级甚至其他小学的学生。而且，他的朋友中竟有初中生和高中生，那些年纪比我大的人对我来说是很可怕的，古寺却和他们亲密地轮流喝着同一瓶可口可乐。

关于我和清水不再说话这件事，古寺似乎没有特别的感觉，好像根本和自己无关似的，态度非常坦然。他在我面前几乎没有提起过清水，连那次未来预报的事也好像忘到九霄云外了。

虽然我心里认为他是一个自私又任性的家伙，但我没有怪他。我和清水不再说话的确应该归咎于他，但那对我来说不是什么大不了的事，因为我们本来就不是要好的朋友，现在只是比以前更少说话罢了，我的生活也没有因此发生任何变化。

快要放暑假的时候，我和清水仍然没有说话。老师有时会根据居住的区域把我和清水分到同一组，那时我们才会简单地交谈几句，清水也故意装作什么事都没有发生过。

暑假的某一天，我到了古寺那冷气开得"轰轰"作响的房间。因为太冷，所以他全身裹着毛毯。他说把温度调高，会让他有吃败仗的感觉，所以他不能示弱。

"小泉，你看这个！又应验了！"

他打开写有未来预报的笔记本对我说。我一看，那一页只写了三行字。

最上面一行是大约一年前的某个日期，应该是做这页记录时的日期吧！第二行和第三行只各写了一个三位数字，第二行是"305"，第三行是"128"。天晓得这是什么意思。

"你没看新闻吗？昨天不是发生了一起空难吗？305 航班的大型喷气式客机着陆失败，死伤者 128 人。怎么样，很准吧？"

"可是……可是，本子上没有昨天发生事故的日期啊！"

"那又怎样？我难道连日期也要知道吗？"

"笔记本上也没有说明是飞机呀！像这样随便写几个数

字，总会有什么新闻碰巧对上的。"

"哼，你就不知道了吧。要两个三位数字都命中，这可是天文学上的概率啊！"

面对紧裹着毛毯向我抗议的古寺，我只好点头表示明白。

暑假结束，第二个学期刚刚开始的时候，古寺突然来上学了。

"我爸说要在这里长期住下去了。"

古寺家最初预计在这里待半年左右就会搬走，但是现在突然决定要长住了。

"反正没事，就来学校看看。"

古寺的到校天数少得可怜，而且即使来学校也不一定是来上课的。即便如此，他还是顺利地从小学毕业了。当然，我和清水也不例外，毕业纪念册上留下了我们的照片。

我们三个人升入同一所中学。

还是和以前一样，我和清水之间总有点不对劲。距离古寺对我们做了那次莫名其妙的预报，已经过去了几年，可是它还像诅咒般一直"纠缠"着我们。

清水是否也和我一样耿耿于怀呢？我不得而知。我们的班级不同，因此很少碰面，也不怎么交谈，就算偶尔在校园里遇见，也下意识地避开对方，所以我更不知道她现在是怎么想的。也许她早已释怀，不在意古寺的话了吧！就算当时她完全相信了古寺说的话，现在也应该意识到那只是无稽之谈了吧！

说实话，我也没有想到经过这么长的时间，我还记得当年古寺的未来预报。本来应该是一笑置之的事，但我总会在某个不经意的瞬间想起。

要控制自己不去想一件事情是很困难的。有时看见清水的身影，我就假装自己一点也不在意。我不能让她知道自己对那件事很在意，耿耿于怀。

我表现得很成功。在周围的人看来，我和清水是完全不相干的两个人。当然，实际上我们除了家住得近以外，也没有别的关联。

清水在班上并不是特别显眼的学生，但脸蛋长得也算端正，因此初中快毕业的时候，男生们的谈话中已经开始出现她的名字了。

我第一次思考自己的人生是在初中三年级的时候。

那时，我们要在志愿调查表上填写自己想考的高中。于是，我不得不第一次面对自己的将来。

"你将来到底想做什么工作呀？"

母亲和祖母常常这样唠叨。每一个字都让我觉得很烦，我忍不住感到愤怒。之后，我开始思考自己的存在价值等哲学难题。在旁人看来也许觉得很滑稽，对我来说却有种"确该如此"的感觉，毕竟我也到了该考虑这些事的年龄。

自己会成为普通的上班族吗？每天穿着西装到公司上班吗？每天乘坐挤满人的通勤电车吗？

某天晚上，我躺在床上辗转难眠，盯着天花板呆呆地思索。那是个雨夜，耳朵里只有雨滴敲打屋檐的声音。

我对未来没有梦想，从来没有梦想成为足球运动员或小说家什么的。然而，我也不想只是做一个小小的公司职员，因为我觉得那很无趣。

念小学时，我有个朋友一直梦想当一名棒球运动员，不知道他现在仍朝着那个目标努力呢，还是早已知难而退了。我和他已经没有联系了，他现在究竟怎么样了，我不得而知。

将来，我到底该做什么呢？因为毫无目标，我报考了一所难度不高的高中。

我、古寺和清水分别进入了不同的高中，可是我和古寺仍然保持着联系，一到假日就常在一起玩。他很讨厌上学，不知道为什么脑袋却非常聪明。不过，这个世界上就是有这样的人，平时不怎么念书，考试却总能拿高分。我经常想："呵呵，等着瞧吧，不久你就要下地狱了！"我期待看到古寺将来在讲究学历的社会遇到困难、非常困扰的样子。可是，事情的发展并没有如我所想，高中入学考试前他也在玩，可偏偏考试成绩名列前茅。

真没意思，老天爷也太不公平了！上高中以后，我变得非常讨厌念书，所以成绩一落千丈。每次古寺打电话叫我一起去玩的时候，我便忍不住觉得，为什么人与人之间会有这样的差距呢？

"算了！念书又不是人生的全部！"

在电玩城里，我这么对古寺说。我正在玩当时流行的格斗游戏，一股近乎愤怒的情感突然在我心里澎湃起来。我也不知道当时的我为什么愤怒，但当时我相信，那就是我深刻思考人生意义后必然的反应。

听我这么讲，古寺不禁发出一阵狂笑，电玩城里每个角落都荡漾着他的笑声。他很清楚，我只不过是因为讨厌念书，而为自己找借口罢了。

在家附近和清水擦肩而过或是在街上看见她时，我都假装没有注意到她，清水也没有主动和我说话。到了高中二年级的时候，我发育得很快，也许她真的认不出我来了吧！

"听说加奈在车站前的便利店打工。"

母亲对我说。由于住得近，什么鸡毛蒜皮的小事都会传到我耳中。

我心想，以后不能再去车站前的那家便利店了。可是那家店在我去车站坐公交车必经的路上，所以每次经过便利店时，我都刻意加快脚步，生怕被她看见。

不知道为什么，我总是选择逃避。我从未冷静地分析过，这到底是出于什么心理。

某个冬日的早晨。

白色的路灯还照映着街道，冬季太阳起得晚，外面还是黑压压的。不过，就算太阳已经升起，天空依然被那黑烟般的云厚厚实实地遮挡着，所以也不会亮到哪里去。

出门时，一股强烈的冷气向我袭来。冷空气把我的耳朵边缘冻得冰凉，虽然不是那么强烈，但我还是感到一种隐隐的疼痛。本来买个防寒耳套戴上就行了，但我总觉得戴上那玩意儿，两只耳朵变得毛茸茸的，有损男子气概。女孩子戴戴无所谓，高中男生可就不合适了。

到了公交车站，我一边用双手温暖着冻僵的耳朵，一边等公交车。由于用手捂着耳朵，我没注意有人站到了我旁边，只顾着确认公交车到站的时间。

我突然往身旁一看，才发现那是在校服外面套着灰色厚大衣的清水。她刚才也没有注意到旁边的人是我。当我们的视线碰上时，她眨了眨眼睛，显得有些吃惊。于是，我终于确定她并没有忘记我。

也许是冬天，还有公交车站灯光照着的缘故吧！她的皮肤白得像雪一样，隐约可以看见皮肤下青色的血管。她呼出的气息变成白色雾气，渐渐消失在冬日的黑暗之中。

公交车到来之前，我们等了五分钟，那是一段漫长的沉默。由于天色还早，路上几乎没有车辆，寂静笼罩着冬日的早晨，没有丝毫声响。哪怕我只是轻轻地转动一下身体，声音都会传到清水的耳朵里，所以我站在那里一动不动。

我和清水都不知如何是好。如果还在意多年前那个小孩子间的玩笑话，是很可笑的，可是尽管如此，太长时间没有说过话，现在也不知道该讲什么好。那是一段很难熬的时间。

　　我们两人就这么静静地站在公交车站。突然，一些小石头般的东西落在面前的马路上，好像是从天上落下的，来得很突然。仔细一看，是一些白色的颗粒。这是什么？我和清水都抱着同样的疑问。不过一瞬间后，我们都意识到那可能是冰雹。

　　就在这时，大量的冰粒从空中倾盆而下。

　　冰雹"啪啦啪啦"地落在整条街道上，也打中了我们的头和手。虽然是微小的颗粒，但打在身上还是会痛的。

　　公交车站没有可以遮挡的屋檐，只有一旁的商店遮阳板可以一躲。我跑到遮阳板下避难，清水也慌忙跟了进来。

　　柏油路上，冰粒"啪啦啪啦"地跳着，构成一幅奇妙的画面。天空中不断生出冰粒来，然后落在地上发出声响。我和清水像丢了魂似的看得入迷，像在欣赏着神祇那不可思议的魔术。

　　"真厉害！"我不禁赞叹，一旁的她像表示同意似的轻轻点头。

3

高中毕业后，我一直靠打工过日子。我既没有上大学的头脑，也没有找到一家愿意收留我的公司。

对于父母来说，我一定是个污点——在亲戚之中，只有他们的孩子既考不上大学，又找不到工作。

表哥考进一所有名的大学，表姐也当上了银行职员，而我却打着每小时不到一千日元的零工，至今还向父母要零用钱。

高中毕业后第二年的一月举行成人式，我坐古寺开的车前往举行成人式的城镇会场。车子并不是古寺自己的，他说是跟父母借的。古寺上的是本地一所理工科大学。我问握着方向盘的他："大学毕业后，准备去哪里工作？"

他摇了摇头："不工作，我要考研究所，因为有东西想研究。"

我问过他想研究什么，可是因为内容太深奥，我立刻就忘了。古寺抱有明确的目标，生活显得很充实。

我坐在副驾驶座上，感觉身体很沉重，甚至有些呼吸困难。那并不只是穿西装打领带的缘故，而是由于我觉得和古寺相比，我只是一个靠打工混日子、没有为将来打算的可悲角色。

车子停在会场外的停车场。下车后，我才发现外面飘起了细雪。入口周围聚集了一群一群的人，大多是身穿西装或和服、和我们同龄的人。我看到了很多中学时期的熟面孔，有从未搭过话却常常在走廊上擦肩而过的，有一些关系微妙、是朋友的朋友的人，还有见过面但是不知对方姓名的。我不知道自己是否应该对他们表现得热情一些，但我竟然都还记得那些人的长相。

我几乎和所有朋友都断了联系，现在还会见面、常常一起玩和说话的，就只有古寺一人，所以当看到那些久违的面孔时，我觉得很怀念。

"喂，她不在这里啦！"正当我们一边避开人群，一边向前走的时候，古寺突然这么对我说。

"啊？什么？"我不懂他的意思，于是反问。

"清水啊！你在找她吧？"他说话时的神情非常自然，那直率的语气显示他不是在嘲讽，也没有其他任何用意，就像一刀切断黄瓜似的直截了当。

"不是……"我想这样回答，可是没法说出来。

我无法否认古寺说的话。其实我并没有打算那样做，但被他这么一说，我才发现自己似乎真的在下意识地寻找她。

古寺居然看穿了我下意识的动作，这让我很意外，因为他已经很久没有跟我提起清水了。

"听说她感冒了，所以今天不会来。我听我爸妈说的。"

"哦，是吗？"

那又怎样？与我何干？我只是不痛不痒地答了一句，却不知道是否能掩饰内心的动摇。

清水考上了一所女子大学，虽然坐火车到学校要花近一个小时，但她还是每天从家里去上学。

我、古寺和清水仍然住得很近，但我们几乎不会在路上相遇，可能是作息时间不一样的缘故吧！

"我呀，结婚了！"五年没见面的同班同学桥田说。我和他其实没那么要好，但我们都参加过篮球社，而且都是幽灵社社员。我们有着"都是同类"的自卑意识，所以彼此还记得对方。

"我老婆怀孕了呢！"

他家好像是从事建筑业的，现在他不仅子承父业，也有了幸福美满的家庭。

"太好了！你还挺厉害的嘛！"我打心底里对他说。

我忽然意识到，这世上还有"老婆"这个词的存在。

"你呢？现在在做什么？"他偏着头问我。那可是个让我悲伤的问题。

"对了！小泉，你住在清水家附近吧？"

突然听到她的名字，我不由自主地调整了一下姿势。

"她现在怎么样了？现在我才敢说，其实我那时候很喜欢她。不过像我这种人啊，她是一定不会喜欢的，何况她又长得那么漂亮。高中时没听到她谈恋爱啊。"

桥田和清水上的是同一所高中。我对高中时代的她几乎一无所知。

"请各位进场，请各位进场，成人式马上就要开始了。"广播中传来了入场的通知，于是我们停止交谈，走进摆满椅子的会场。

成人式后过了半年。

我在一家高级饭店兼职当服务生。宴会厅位于饭店的三十八楼，几乎每天都会举行婚宴或公司派对之类的活动，我在那里端盘子、收拾碗碟或者摆放桌椅。

新郎和新娘会带着幸福的微笑站在大厅内，接受无数目光的赞美和祝福，全身闪耀着迷人的光辉。有一次，举行婚礼的新郎年纪比我还小，却已经拥有家庭，在社会上找到了立足之地。

宴会进行的时候，我必须为客人端茶、倒水，满足他们的各种要求，忙得不可开交。尽管如此，当空下来的时候，不经意看到新郎和新娘，我还是能感受到那股幸福的力量。

不知不觉地，我又再度想起古寺曾经做过的预报——他对我和清水开的那个该死的玩笑。

上中学以后，古寺就不怎么和我说起未来预报的事了，我也没有特意去问他，大概是他玩腻那个游戏了吧！我们还有其他更热衷的事，如追随喜欢的乐团，或是三更半夜沿着海岸飙车。就像对诺查丹玛斯的预言的反应一样，过了一定的年纪就会突然觉得无聊，而那个未来预报也不过如此。

拖着疲惫不堪的身体下班回家以后，母亲做的晚饭早已变凉了，我把晚餐放进微波炉加热。我回到家的时候，通常大家都已经入睡了。从小学时就开始养的狗也对我不理不睬，反正它本来也没把我当作家里的一员。

然而那一天，母亲坐在电视机前没有睡觉。

母亲对附近的事很敏感，因此常常会告诉我一些让我意外的消息。

她和清水的母亲常在一起聊天，有时偶尔在超市碰到了，还会聊几十分钟。

"你平时的行为还有生活的方方面面，都会传到加奈耳中去的。"

母亲半开玩笑地警告我要调整自己对生活的态度。我通常会笑着回答，内心却不知所措，常常会下意识地调整坐姿。

母亲一看到我回来，便用一种"你可能听说了吧"的语气告诉我："听说今天中午，加奈突然身体不舒服，住院了。"

清水从小身体就不好，上小学的时候，我常常负责送面包给请假在家的她，但我没想到她的病情严重到必须住院。我还以为她长大以后会慢慢好起来，但她的身体状况似乎比我想象的要差得多。

上小学的时候，那些不能在规定时间内吃完午饭的孩子，一定要吃完整份午餐才可以去休息、玩耍。当大家到操场上玩的时候，他们还得待在安静的教室里与食物"战斗"。

清水就是那样的孩子。不知道是因为她的胃太小吃不下，还是因为不爱吃的东西太多，她大多数时候无法在规定时间内吃完，得一个人留在教室里。

有一次我走进教室时，发现她正在盯着午餐发呆。那时候，我们之间还没有尴尬，只是平常相处。

清水单手托着脸颊，一脸无趣地用汤匙戳着盘子，金属餐具发出"铿锵铿锵"的声响。因为午饭后要进行打扫，所以桌子都被移到教室后面了。清水面对着她的食物，坐在那些挤成一团的桌子中间。

"你还在吃啊！"

"我讨厌吃芝士！"

那天令她难以下咽的东西，是我最喜欢吃的芝士鸡胸肉。我当时想，我这么喜欢的东西，她却说讨厌，这家伙有病。

外面天气晴朗，光线明亮，相较之下教室更显昏暗，让人觉得寂寞。

听到清水住院的消息时，我不由得想起她被留在教室里吃午饭的样子。

她住的医院就在我去打工地点的那条路上，是一家很有规模的医院。经过那家医院的时候，我总是忍不住将目光投向病房大楼，十年来一直如此。

然而关于她的事，我却总是极力不去想起。我甚至觉得如果不那么做，自己就无法正常地生活。

饭店的宴会厅里，有两种人在工作：一种是像我一样兼职的，另一种是和饭店有正式合约的正式职员。这两者之间有很大的区别，正式职员当然比兼职员工尊贵得多，年纪比我小的正式职员都会露骨地对我投来一种眼色，仿佛在说"这家伙真不中用"。

我不得不承认，打工族属于社会下层，收入极不稳定，没有地位，谁也瞧不起。有一次，我向一个喝醉酒的亲戚说了自己的状况以后，他便开始数落我："你呀，真是没出息啊！"有时候也会得到一些安慰："虽然现在处在人生低潮，但是将来……"

在饭店里听到正式职员高谈阔论的时候，我也觉得自己是没用的废物。

我的确处于人生的最低潮，没有大学学历，没有正式职业，也没有对将来的规划，只是茫然地过着兼职的日子。

古寺顺利地提升了自己的学历，桥田现在已经有了可爱的女儿和美满的家庭。因为实在太丢脸了，所以我终于不再向父母伸手要钱了。

打工结束后，我就直接回家，每天默默无闻地重复这样的日子。一天之中，我充其量只是和家里的人打声招呼，在饭店里向人赔礼道歉而已，其余时间便再无言语，有时甚至整天都不说一句话。

我不知道自己是为了什么而活着，如果明天我突然消失，也许谁都不会察觉。

每当我这么一想，就觉得哀伤，并再次意识到自己在这个世界上是孤零零的一个人。走在熙熙攘攘的街上，总会看到那些快乐微笑的行人或幸福的三口之家。这些几乎让我不能呼吸，我想揪住自己的胸口蹲下来。

待在自己房间里的时候，我常会因为苦闷而双手抱头。四周的墙壁和天花板形成的密闭空间令我的精神承受了很大的压力，耳中只听见时钟的秒针走动时发出的声音。

我想起初三时，自己对将来做过的思考。

那时，我觉得当一个普通的上班族实在无聊透顶。自己曾多么愚蠢啊！我不愿在拥挤的电车上消耗人生，但我又做过什么样的努力呢？我心里讨厌那种无聊的生活，但是那时除了逃避眼前的功课之外，却什么也没有做过。

时间啊，多希望你能够倒流！如果能回到从前，我一定会努力地生活。尽管我并不很清楚应该用什么样的方式生活，但我一定会比现在过得更好。

未来潜伏着不安，过去又有后悔纠缠，人生是一件多么困难的事啊！

跟人打架的那天，我的确是在自暴自弃。

在婚宴上是很少出现醉鬼的，因为那是摆满鲜花和祝贺的地方，所以一般人不会喝得烂醉如泥，那个醉鬼也许在来这里之前就遇到了什么不高兴的事吧！

我在饭店大厅里用银色托盘送冰水的时候，看见眼前的醉鬼正缠着一个年轻女子。那女子显得紧张而不知所措，于是我忍不住把手中的冰水泼向醉汉。

我被正式职员带离大厅，然后被狠狠地训斥了一顿。

"你呀你，你以为自己是英雄，是不是？"

"不，我没有那样想。"

"笨蛋！在那种情况下，只要让他安静下来，坐到椅子上就行了！"

比我小一岁的正式职员瞪着我，并且十分巧妙地在言语中插入"低能"一词来教训我。

一回过神，我已经揍了那小子的脸。我们的斗殴因为旁人的制止而迅速结束，但是先动手的人是我，所以我引咎辞职。

打架时，我左手的中指不知撞到什么东西，晚上痛得很厉害。一定是骨折了吧！我可得去医院一趟了。

我躲在被窝里思考日后的计划，自己应该怎样过下去呢？会一辈子找不到正式工作吗？

我觉得自己好像置身于一个即将沉没的木筏上，四周大海茫茫，看不见陆地，只有不安和恐惧伴随着自己。

我痛苦得喘不过气来，于是从被窝里爬出来。没有开灯，而是打开了窗户。因为是深夜，每家的灯都是暗的。寂静的住宅区之上，是一片看不见星星的黑暗天空。

不知何时，我的目光停留在清水家。虽然知道她现在住院，不在家里，可是我的视线却像被紧紧地黏住一样，无法从那里挪开。

这时候，我知道，我已经患了重病。

虽然我很想否定，可是我不得不承认，我一直都在想她。她已经成了我人生的一部分。我会不停地想象她的情况，比如她现在一定在不同的地方和我一样看着电视，或者，她现在也许因为忘了带伞而在雨中奔走。我知道，这种精神变化是来自古寺的未来预报。

每次当我体会到那种令人昏厥的可怕孤寂时，我都会想起清水，她就像是我唯一的支柱。我并不是在想古寺的预言是否真的会实现，而只是想，她就在这世上的某处，和我在同一片天空下，在同样的时间里生活着。

我认为我对她的感情并不是所谓的爱情。如果是的话，在苦恼过后，我一定会向她表白。清水的存在不知不觉中变得对我如此重要，我无法清楚地说明原因，但我想，也许是因为受伤后精疲力竭的灵魂需要一个可以依偎的东西吧。

尽管如此，我却不能总是这样。总有一天，我必须脱离那种非实际存在的东西而独立，也不能老是把这个"总有一天"一直向后延。

　　我决定去医院看病的时候，顺道探望在那里住院的清水。

　　我必须见到她，然后让自己明白我们之间没有任何关系，那是我能想到的唯一的治疗方法。

4

　　一觉醒来，左手的中指已经又红又肿，轻轻一碰便痛得很厉害，根本使不上劲。

　　拉开窗帘，远远望去，天空中铺了一层薄薄的云，薄得可以透出阳光，像一张遮掩着整个世界的巨大面纱，轻轻柔柔的。

　　我下楼去，发现母亲也在。

　　"今天不去打工吗？"母亲一边说着，一边从洗衣机里拿出刚洗好而皱成一团的衣物。

　　"我把工作辞了。"

　　母亲停下了动作。

　　"你呀……你就不能找一份正职？趁着这个机会，不管是什么地方，赶紧找个固定的工作吧！"

冰箱里有昨晚剩下的饭菜，我一边心不在焉地听着，一边在客厅里吃起早饭来。电视里正在播报天气预报，说梅雨季已经结束，炎热的盛夏即将到来。

我决定先坐公交车，然后走路去清水所住的那家综合医院。

医院的色调洁白，几栋病房大楼并排着，中间有个种了许多树、像公园似的庭院。我想设计这家医院的人，一定是一个热爱自然的人。

检查的结果证实我是骨折。医生抓住我的中指说："断掉的骨头已经在错开的位置上开始长合了，我帮你矫正一下骨头的位置。"

"啊，请等一下！"

就在我用近乎哭泣的声音抗议的一刹那，医生已经用力地扭动我的手指骨头，再用金属器具固定好手指，缠上贴布和绷带，治疗结束了。

缴费后，我在医院里闲逛起来。我不知道清水住在什么地方，她患的是呼吸系统方面的疾病，但我却不知道呼吸系统疾病的病房在哪栋大楼里。

过了一会儿，我走出大楼，到庭院中随便走走。院子里有一个长满绿草的圆形小丘，一条微斜的小道从中间延伸出去。在这里有穿睡衣、拄着拐杖缓缓行走的老人，也有带着孩子的父母，大部分应该是医院里的患者吧！

太阳穿过一片薄云，柔和地照射着四周，恍如一幅幸福的图画铺陈在眼前。

我觉得自己想见清水的决心和勇气逐渐萎缩。来医院前，我打定主意要见她，可是到了这里，我却觉得自己的行为有些脱离现实。如果我突然出现在她病房的门口，她一定会觉得很奇怪吧！如果得知我是因为十年前一句小孩子的无稽戏言而来，她一定会觉得可笑至极。

还是回去吧，相信时间一定可以治好我的脑袋。

我背靠着长椅，又回想起这几天发生的事，以及思考过的问题。

自己实在是一个可悲又无可救药的人，这种想法一直在我大脑里萦绕不去。已经二十岁了，我却看不见任何前途和希望，一想到今后自己可能面对的灰暗未来，不安的情绪便让身体忍不住紧张了起来。

我忽然想起古寺说过的一句话：

"当我看见未来的时候，它就像是在黑暗中一闪而过……"

这句话就像魔术师表演魔术时的开场白一样，但奇怪的是，我现在却能理解它的含义。未来总是那么不可捉摸，就像黑暗中的道路，他的话也许是正确的。

我的存在似乎和眼前这片温暖的风景格格不入。我有一种冲动，想双手抱头，隔开一切，逃进只有自己一个人的黑暗中去。

自己的未来没有任何值得期待的东西，我有这种感觉。像今天这样和暖的阳光，只需洒在刚举行过婚礼的新郎和新娘身上，以及期待孩子诞生、拥有美满家庭的桥田他们身上就足够了，我是真心这么想的。即使自己没有像他们那样的未来，我内心也不会有丝毫的妒恨。我会羡慕他们，然后不可思议地送上我的祝福。

忽然，我感觉有人来到长椅的旁边。抬头一看，是个坐在轮椅上的年轻女孩，白色病号服让人一看便知是住院的患者。

"听说梅雨季已经结束了。"她望着天空说道，脸上慢慢绽开温柔的微笑。随后，她把目光移向我的左手。

"你是来看手的吗？"

"骨折了。"

"怎么会这样呢？"

"在打工的地方和人家打架……"

她把手肘放在轮椅的扶手上，用手托着下巴，轻轻地笑了："原来是打架弄成骨折的啊……"

我不知道这到底有什么好笑的，但这似乎让她的心情愉快起来。

"本来还想顺道探望在这里住院的朋友，可是后来却没有走进病房的勇气。"

她静静地看着我的眼睛："我想你那位朋友一定会很高兴的。"

然后，我们没有再说话，只是静静地看着风景。

突然，眼前的景致变得光彩四溢。天际的薄云开出一道缝隙，阳光从云缝中洒满大地，绿草和树木也仿佛为了祝福这个世界而变得挺拔了。

"天气真好呀！很快就是夏天了！"她说道。耀眼的阳光使她眯着眼。

我点了点头："这天气使人心情舒畅，甚至让我快忘了昨天是我失去工作、跌入人生谷底的日子。"

"谷底?"

我向她吐露心声,我觉得自己的人生一无所有。她的表情出奇地认真,努力地不漏掉听我说的任何一个字。在旁人看来,我们会像什么呢?一个坐在长椅上、左手缠着绷带的男人,和一个坐在轮椅上的女人,在明媚的午后认真地探讨人生。

她对我说了一些打气的话,并对我露出鼓励的微笑,似乎是说"没问题,你一定可以的"。然后,她努力转动着轮椅,调整方向好让自己面对病房,从动作可以看出她还没有适应轮椅上的生活。她用纤弱的手腕转动车轮,显得非常吃力。我想去帮她,可是她说:"不要紧的,有护士呢!"

我朝她对面看去,一位护士正看着这边,好像是她让护士在我们谈话期间在那里等着的。

"再见……"

她挥了挥手。

那段对话成了我们最后的交流。两个星期后,她死了。

举行葬礼的那天下着雨,我和古寺到了她家门口,收好了黑伞，但伞架子已经插满了伞，所以我们只好把伞靠在鞋柜旁边。我们虽然撑了伞，不过肩膀还是湿了，这让我再次意识到我对伞的厌恶。

安放棺木的客厅里挂着黑白的幕帐，空气中弥漫着香烛的气味。我觉得整个房子都被雨声和香烛的烟雾包围着，心里有些不舒服。许多穿着丧服的亲人和她的朋友在遗照前哭泣，在那些人当中，大概不会有认识我和古寺的吧！她的一生如此短暂，而我们只不过在当中更短暂的一瞬间和她说过话，我们的关系仅此而已。

我一边烧香，一边在心里向清水道别。虽说是道别，但我们之间根本不存在什么关系，所以这种说法或许荒唐可笑。

是的，能够确切表示我俩关系的用词，应该就是"没有关系"。我只是因为住在附近才参加葬礼，除此以外，我们之间并不存在任何关联。

即使如此，我还是……如果此时有人读出我的心事，一定会露出疑惑的神情，百思不得其解吧！因为我心底有一种可怕的失落感。

"你还好吗？"

古寺摇了摇我的肩膀，可以想象我当时的脸色一定相当难看。

"早点回去吧！"

我说着站了起来。此时，有个似曾相识的声音叫住我。回头一看，是清水的母亲。

"我有几句话想对你说……"

她紧握着手帕，两眼红肿。

我们在客厅里面对面端坐着。周围的人之前没有注意到我和古寺的存在，但由于伯母神情严肃地与我对坐着，就开始有人注意我们了。

"谢谢你之前到医院探望我家孩子。"

她说完便带着几乎快要哭出来的表情，双手放在榻榻米上，向我深深地鞠了躬，像在感谢一位没齿难忘的恩人。我对这突如其来的举动感到十分惶恐而不知所措。

"实在……实在没有什么值得你感谢的……"

"那孩子真的非常高兴。"

伯母把目光投向女儿的遗照。

那是一张清水温柔微笑着的脸。虽然长大以后就从未仔细看过她的脸，但不知为什么，我总觉得我熟知她的脸胜于熟知其他任何人。

"大概是很久没见面的缘故吧！"

我在医院偶然碰到了她，仅此而已。

清水的母亲摇了摇头，好像想说：不，不是这样的。

"那孩子虽然没有明说，但她总是想着你呢！"

在此之前，周围虽然比较安静，但还是有一些说话声和雨声等嘈杂声响，然而那一瞬间，所有声音都不知被吸到什么地方去而消失了，我的耳中只回响着失去女儿的母亲那静静的告白。

"那孩子身体不好，从小就老待在家里。所以啊，我总是讲很多的事情给她听……"

对于缺席而在家休养的清水，伯母总是会讲一些电视连续剧里的故事给她听，或是开些无聊的玩笑，好让她心情平静。

尤其是邻居的孩子又做了什么恶作剧之类的家常话，刚好可以讲给寂寞无聊的女儿听。譬如说，我和古寺决定离家出走，跑到公园里搭起帐篷；我们偷偷拿食物喂别人家的猫，企图让那只猫认我们当主人，但最后还是失败了；等等。

伯母有次突然注意到，不知从什么时候开始，女儿只有听到关于我的事情时，才会悄悄露出温柔的表情。

那时，她并没有说什么特别的话。

"可是，哪怕从她一点细微的举动或表情，我还是可以察觉到什么。那孩子的确很想听到有关你的事情。"

尽管后来上了初中，然后又升上高中、大学，只要清水在家的时候，伯母仍然把我的事当作家常话——说给她听。

从我母亲那里，伯母可以得知我生活的全貌，包括因为我成绩不好，学校打电话到家里来的事，或者打工才做了一天就辞职的事，都经由母亲悉数传到她耳中。

据说在听到我的事情时，她总是悄悄地把视线移向窗外。

我将目光从紧握着手帕的伯母身上移开，朝窗户的方向望去。一楼客厅的窗户上纵向镶嵌着大块玻璃，外面是茂密的树丛。越过树丛，可以看到一栋随处可见的普通房子——我的家。

即使住进医院、病得卧床不起，她仍然露出纤弱的微笑，倾听着有关我的事情。没什么作为的我只是打工、遭人白眼而已，而她倾听着我那无聊的日常生活时，却好像忘了病痛，眼里透出平静的光芒。

清水是否一直都相信古寺说过的话呢？在学校或路上与我擦肩而过的时候，她是否也和我一样难以保持平静呢？在不同的人生道路上，她不断结识新的朋友，但她真的始终不曾忘记过我吗？

"她曾对伯母提起过我去医院的事吗……"

"那孩子几乎是第一次主动提起你呢！"

清水好像是这样对母亲说的："今天来了个稀客呢！"她脸上浮现出笑容，就像是住在幸福世界的人一样，"然后，我们聊了天气的话题哦！"

离开她家的时候，她母亲几次向我鞠躬表示感谢。

雨下得不大，然而不撑伞也不是什么明智之举。

但是，我没有撑伞。

"会着凉的。"

古寺在伞下这样忠告我。

"就算死了也无所谓。"

我回答。刘海儿因为雨水而黏在额头上。

"你不会死的，现在还早呢！我在小时候看过。"

"你看见过清水死去的情景吗？"

古寺很久没有和我说起他的未来预报了。

"虽然隐隐约约的，但我看到过她在年轻时死去的景象……可是，同时我也看见你和她组建了家庭，被两个孩子围着的情景。这两种未来靠得很近，很难确定。"

"你们两个只要其中一方没有死的话，就会结婚。"

我想起古寺十年前说过的话。那究竟是他信口开河，还是他本身也对此深信不疑，我不得而知。

我已经被雨水打得湿透了，撑不撑伞已经没有意义了，但古寺仍不停地劝我撑伞。当然，我拒绝了。

我默默地走着，任凭天空中落下的无数雨滴敲打在我身上……

5

我现在在一个新的地方打工。

从春天开始，我就在车站前的补习班上课。我打算重拾书本，希望能考上大学。

我突然有这样的想法，是因为从别人那里听到了有关清水的事情。

听说她生前一直在学习绘画和写作，希望将来当一名绘本作家。在我漫无目的地消磨时光的时候，她却朝着自己的梦想努力。一想到这一点，我的心情就无法平静。

补习班的课和工作让我疲惫不堪，那种生活非常辛苦，但很充实。停滞不前的日子总算过去了，就像长长的雨季终于过去了一样。

古寺顺利地进行着他的研究，并考虑近期出国留学的事情。我家养的黑毛狗生了一窝小狗，整个家突然变得热闹起来。我虽然不是很喜欢狗，但那些小狗真的很可爱，让消沉的我得以重新鼓起勇气。

某个晴朗的星期天，我和古寺在车站见面，一起散散步。盛夏的阳光极具攻击性，使小巷的砖瓦变得炙热，并排的店铺的墙壁发出耀眼的白光。

"还记得葬礼后，你说过的话吗？你说，你看到过我和清水在未来组织了家庭的景象，对吧？"

我一边走，一边问古寺。他点了点头。

"干吗问这个？"

"那时，你不是说过我们有两个孩子吗？"

"对，我看见你们一家人刚好从家庭餐厅走出来。"

"是男孩，还是女孩？"

我停下脚步，古寺也跟着停了下来。

"大的是男孩，小的被清水抱着，我不敢肯定，但应该是个女孩。"

她看上去过得幸福吗？我想这么问，但是话到嘴边又吞了回去。

我抬头望着万里无云的天空，心里想着那两个也许已经出生的孩子。天空显得那么辽阔，看不到边际。

"昨天的天气预报好像说今天是阴天呀！"

古寺靠在护栏上发起了牢骚。

根据古寺的预报，如果清水没有过世的话，我们就会结婚，我曾经以为这是天方夜谭。

可是清水不在之后，我发现了一个意味深远的事实。

家里的黑毛狗最近生下的小狗，是白色的。

古寺曾预言过我会养白色的狗，过了这么长时间，他的话居然应验了。

这件事让我不得不想，古寺一直信誓旦旦说的未来预报，也许真的不是信口开河，我也因此不得不想到我和清水或许应该有的未来。

和我一样，清水也在不同的地方想着我。她在自己的生活中，总是意识到我的存在。在这个世界上，哪怕只有一个人，毕竟还是有一个人在想着自己——即使在她生前，我根本没有意识到这一点，但这是一件多么幸福的事啊！

我应该早点和清水说话，就算不结婚，也可以成为关系不错的朋友。如果能够在她短暂的一生中，至少成为她的朋友，那该有多好。

这成了我心中最大的遗憾，我有时会因此而感到伤痛不已。

但是，我希望随着时间的流逝，有一天，我也会觉得那不幸的一面变得可爱起来，而我也相信会有这样的一天。以前，我认为我的过去和将来都只有痛苦，然而事实并非如此。

我将永远记得在那家医院，清水加奈对我说过的话。就在离别时，我们谈过天气的话题之后。

在医院的庭院里，我坐在长椅上，左手包裹着绷带，而清水坐在轮椅上，待在我身旁。在柔和的阳光中，四周弥漫着草木的清香。

"我的人生根本没有任何意义"——当我这么对她说的时候，她端正了一下姿势，一脸真挚地告诉我："我认为，这个世界上没有毫无意义的人生。"

现在想起来，对于只有短暂人生的她来说，那句话是多么沉重啊！

"可是和其他人相比，我觉得自己实在太悲惨了……别人都有正职，努力做着自己想做的事，而我却一事无成。我有什么必要活在这个世界上呢？"

清水闭着眼睛摇了摇头。

"我因为身体不好而不得不躺在家里的时候，也常常有这样的感觉：大家都走了，只留下我一个人。可是最近我明白了，我不用悲伤，因为我只能这样生活。所以，不要焦急，因为根本没有必要拿自己的人生和别人比较。"

我静静地听着她说话。

她长长地吐了一口气说："我觉得你的存在是一件很棒的事，所以不要哭泣，要勇敢地活下去。你今后的人生道路将会布满阳光。"

每当我想起她时，总会抬头望着天空，有时是阳光灿烂的晴天，有时是阴雨绵绵的灰暗天空。

但我总能看见在那家医院的庭院里和她说话时，那个挂满了丝绸般的天际。天空就像铺满闪耀白色光辉的羽毛一样，温柔地包裹着这个世界。

我们之间没有一种可以用语言来形容的"关系"，就像隔着一条透明的河流，保持着若有似无的距离。

但每当我想起清水时，就像思念寿终正寝的结发妻子一样，充满了怀念。

小偷抓住的手

1

　　事情发生在姑妈和她女儿投宿的那家古老温泉旅馆的房间内。我并不是有意看的，只是姑妈去了洗手间，我素未谋面的表妹也正好外出了，房里就剩我一个人盘着腿发呆。我根本没有碰到，姑妈的手提包却突然在我面前从桌上掉了下来。

　　镶了宝石的项链和一个厚厚的信封，从掉在榻榻米上的手提包里滚落出来。姑妈的丈夫是某家公司的社长，家财万贯。听爸妈说，姑妈从来不戴廉价的首饰，所以可以想象那条项链也一定价值不菲。而且，那个信封的封口恰好对着我，可以看见里面装着一大沓万元钞票，那应该是这次旅行的旅费。

　　我心神不定地靠近那个掉在榻榻米上、露出财物的手提包，双手捡起项链和信封，心想干脆放进自己的口袋，走掉算了。

可是，我立即恢复了理智。姑妈上完洗手间马上就会回来，一旦发现包包里的东西不见了，就会知道是待在房里的我干的。

我把项链和信封塞进手提包，然后放回原处。就在这时门开了，姑妈走了进来。我的手才刚离开手提包，腰还没来得及伸直，我感到有些慌张。为了掩饰心里的尴尬，我故作镇静地靠近窗户说："这房间的风景还真不错呢！"

姑妈住在离这里很远的一栋豪宅内，我和她已经有五年没见面了。前几天，我突然接到姑妈带着女儿到这里旅游的消息，所以今天就来旅馆见她们。我的父母在一年前双双去世，所以现在和我血缘关系最近的就是姑妈了。她来到离我这么近的地方，不见面怎样都说不过去。

在这个房间的外侧墙壁上有一扇凸窗，窗子在榻榻米大约四十厘米之上。窗子的木框已经十分陈旧，黑得看不清楚上面的木纹，窗框里嵌着纸糊的格子窗，外侧还有一层玻璃窗。窗下的墙壁内凿出一个小壁橱，外面装着一扇小拉门。

"你真的认为风景不错吗？"

姑妈在桌子旁边跪坐下来，皱着眉头说。于是我仔细观察了一下窗外，才发现原来外面的风景的确不能算是"不错"。

这一带的温泉旅馆鳞次栉比，离窗户大约五米远的建筑像一面巨大的墙堵在那里。忘了说的是，我和姑妈所在的房间在一楼，而正对面是一栋三层楼高的大房子，使我们房间的视野相当差。除此之外，离窗户很近的地方还有一块巨大的石头。如果把它放在宽敞的日式庭院里，一定是个不错的景致，可是放在紧挨着窗户的地方就显得十分碍眼了。

还不只如此，只要稍微探身出去看看外面，就可以发现两栋建筑物之间的缝隙里停着一些小货车。除了故意放在那里让游客扫兴之外，我实在想不出还有其他的解释。

站在窗户旁边，我清楚地感受到房间墙壁的单薄。这样看来，哪怕只是轻微的地震，这房子都会立即垮掉。不，也许根本不需要地震，它自己也会自然而然地变成一堆瓦砾。

"跟我所住的公寓相比，这里的景致已经不错了。对了，为什么突然想来这里旅游呢？"

"我是来看人拍电影的。"

"拍电影？"

姑妈愉快地点了点头。这座温泉小镇好像正在拍摄某个著名导演的电影，我问姑妈有些什么人参加拍摄，她便叽叽咕咕地报了一大串演员的名字。我对娱乐圈不熟悉，但那些人的名字似乎在什么地方听过。听说演女主角的是个年轻的偶像派演员，这也是最近大家津津乐道的话题。我问了她的名字，可是不知道为什么，姑妈不讲她姓什么，只说了她的名字。我请她告诉我那个演员的姓氏，但是姑妈说没有姓，那是一个由两个汉字组成的艺名。

姑妈对我不知道那个偶像的名字一事嗤之以鼻："你呀，连她的名字都不知道，这可不行啊！"

"不行吗？"

"当然，正因为这样，你才不被女孩子喜欢，事业也不顺利，服装品位也很差。"

姑妈看了看站在窗边的我的那双脚。沿着她的视线，我看到我的袜子前端破了个洞，心情顿时变得很差，仿佛能够证明我一无是处的证据都集中在袜子那个洞上似的。

"你打算做那种工作做到什么时候啊？你和朋友开的设计公司生意很不顺吧？我都听说了，你设计的手表都堆在仓库里呢！"

我故意逞强，对姑妈撒了个小谎，说公司运营得非常顺利，然后把左手的手腕伸到她眼前说："你看看这个。"

姑妈表情疑惑地看了看我手腕上的手表。我向她说明，这是我设计的手表，预计几个月后就可以量产并在市场上推出。

"这是样品，当今世上仅此一块！"

那是一款无法用言语形容的、划时代设计的手表。

"还不是又要堆在仓库里。"

姑妈说着，拿起放在桌上的手提包走到窗户旁，双膝跪地，打开壁橱的拉门。

壁橱的高度只到膝盖，宽度刚好和窗户差不多。打开拉门后，可以看见里面只有三十厘米左右深的空间。姑妈把手提包放在壁橱的右下角，然后关上了门。

我在一旁看着，心里有种奇怪的感觉。这个旅馆的墙壁非常薄，窗下的小壁橱是镶嵌在墙壁里面的，靠外面的墙壁一定很薄。万一发生了地震什么的，墙上破个洞的话，手提包不是任人家从外面拿走了吗？

姑妈回到桌子旁，喝起茶来。她没有倒茶招待我，但我决定不介意。

"我打算今晚和女儿一起去看他们拍电影。"

"我用车送你们去拍摄现场吧。"

"不必了，你那车子的座位看起来脏兮兮的。"

我叹了口气，开始同情她的女儿，有这样的母亲，日子一定不好过。姑妈的女儿，也就是我的表妹，我从来没有见过她。听说她十八岁，和我相差五岁。

一年前过世的母亲常常谈起这位表妹，据说她是个对母亲唯命是从的乖乖女。

"你是硬拉着女儿专程到这种地方来的吗？"

"你真失礼！我女儿可是高高兴兴地来这里的。"

"现在正是为将来出路伤脑筋的时候吧！打算上大学吗？"

姑妈露出扬扬得意的神情："我打算让她上一所我喜欢的学校。她应该马上就要回来了，你们见见面吧！"

"不必了，我该回去了。"

我看了看左手的那只表确认时间，然后站了起来。姑妈也不留我，只是说："哎呀，真是可惜啊！"可是我却看不出她有任何"可惜"的样子。

我打开房门，来到走廊上。房门上有个重重的锁，和这古老的旅馆不太相称，但那把锁给人一种不用担心强盗入侵的稳重感。

我轻轻地向姑妈点头道别。走在走廊上，地板不断发出"咯吱咯吱"的声响。走廊的照明十分微弱，昏暗中，房门都像连成一排似的。

我眼前出现了一个人影。由于灯光昏暗，我起初看不清她的脸，但从轮廓可以判断是一个年轻女孩，她好像看见我从房间里出来。

我们擦肩而过的时候，我终于在灯光下看清楚她的脸。她目不转睛地盯着我。从她不自然的视线中，我知道她就是我第一次见面的表妹，但我假装不知道，离开了旅馆。表妹的服装素雅，给人整洁的印象。

夏天过去了，带着几分凉意的风从温泉小镇的街道上吹过。被风吹落的枯叶不时越过旅馆和礼品店的屋檐，远远地消失在被晚霞染红的天际。

从卖馒头的土产店里飘来一阵独特的气味。我小时候上学时，常常会从馒头店后面经过，换气扇吹出来的气味让人很难受。制作馒头的过程中散发出来的气味，是一种和馒头不一样的、暖暖的、令人窒息的气味。我茫然地回忆起这件事。

在去停车场的路上，我遇见一群拖着大件行李的人。十个左右，服装各异，有男有女。

"真不好意思，惊动了镇里上上下下的人。"其中一人对礼品店的老太太说道。直觉告诉我，他们就是电影拍摄团队的人。

我的上衣口袋里放着一封必须寄出去的信，我正巧看见一个邮筒，便拿出信想投进去。那是个旧式邮筒，当我正要投信的时候，才发现邮筒上根本没有开口。

"那不是真的。"摄影团队其中一人边说边走过来，然后轻而易举地抱起那个邮筒离开了。那好像是拍摄用的道具。

我环视四周，想找一个真正的邮筒，这时才发现周围有很多拿着照相机的游客。他们应该和姑妈一样，是冲着演员来的吧！当然，这和我没有任何关系。

我有生以来第一次戴手表是五岁生日那天，是那时还在世的父亲送给我的。那天，父亲完全忘了我的生日，喝酒喝到很晚才回来。可能是看到我闷闷不乐地把生日蛋糕剩下了一半，觉得有些过意不去吧！他把自己从没离身过的手表摘了下来，戴在我的手腕上。

父亲平时从来没有买过什么东西给我，与其说是对我严厉，倒不如说是舍不得花钱。我母亲给我买了一台掌上游戏机，我高兴得不得了。可是父亲似乎不喜欢看到我高兴的样子，他大发雷霆，把我的游戏机扔进了浴缸。

那只手表可以说是父亲送给我的唯一一件东西。金黄色，拿起来非常重。表带是金属制的，平时摸起来冰凉，可是父亲给我戴上的时候上面却留着父亲的体温，感觉暖暖的。对于那时的我来说，金表戴在手上实在太大、太重了，可是我还是很喜欢它，总是戴在手上。

从那时候开始，我就把所有的零用钱都用来搜集手表，我的头脑完全被手表所占据。如果要问我那到底是怎样一种占据，可以说只要我稍微松一口气，耳朵和鼻孔里几乎都会钻出表带来。

手表，将时间规律地分割，把世界的法则隐藏于内部的机械之中。不知从何时开始，我在笔记本上开始描绘、设计我理想中的手表。

从温泉小镇的旅馆开了三十分钟左右的车之后，我来到朋友内山家。高中毕业后，我硬是没有遵从父亲的意愿去上大学，而是进了一所学习设计的专科学校。内山是我在专科学校的同学，毕业后，我们两人一起开了一家设计公司，做海报和杂志封面的设计，勉强维持生计。

大约半年前，我们的设计公司开始销售手表。设计由我来承担，机芯则向其他厂家购买。我们计划在不久之后推出第二批产品。

内山家同时也是我们公司的所在地，是一栋寒酸的两层楼建筑。我把车子停在停车场后，打开大门。

社长之一的内山个子很矮，长得像只老鼠。

看我到了公司，内山一边帮我准备咖啡，一边避开我的视线。他把时机掌握得非常巧妙，让我觉得有些奇怪。

"你姑妈怎么样了？"

内山把咖啡摆在我面前。

"她很好啊！"我答道。

接下来很长一段时间，我们各自默默地收拾桌子周围的东西。过了一会儿，已经没有东西可以再收拾的时候，他终于开腔了。

"那个……本来计划要将你设计的手表推出市场的，可是现在我不得不中止这个计划。"

哦。我点了点头，那一瞬间，我明白了他要说的话。然后，我觉得他像是说了什么奇怪的话，便反问他："什么？我没听清楚。"

他十分恳切地向我说明，由于我最初设计的手表卖得很不好，现在已经没有足够的资金推出第二款产品了，所谓第二款产品就是现在我左手上戴着的样本手表。

"我也试过努力筹措资金，可还是不行。制造这种卖不出去的表，本来就不是明智之举。"

内山是唯一对我的设计表示理解的朋友，可是他对于我把才能用于设计手表持怀疑的态度。

为了确保手表生产线的运作，公司需要一笔相当大的资金。公司不但要从钟表厂家购入手表机芯，还必须租厂房来生产自己的手表。我要做的手表不是百元商店里卖的那种便宜货，而是被赋予思想的作品，然而生产这些作品却要冒相当大的风险，这可是一场赌博。赌博需要钱，可是公司没有这个财力，之前的银行贷款还没有还清。

我叹了口气说："没关系。公司本身的生存都成问题了，我设计的手表又算什么呢？"

说实话，我很受打击。本以为很快就会开始销售的，所以我在很多朋友面前得意扬扬地展示过那只样本手表，也已多次和生产手表机芯的工厂负责人协商。以前，父亲打心底里就不相信我能靠设计公司成功，我以为这次可以一举获得社会认同，然后到父亲的墓前去告诉他，他错了。

"没关系，我明白的。虽然很遗憾，但这也没有办法。内山，你不必太介意这件事。"

"我没介意啊！"

"我知道，这一切都是因为你这个社长没有手腕，才会导致公司经营不善。这也是没办法的事，你要看开一点！"

他一脸错愕。

"不过……话说回来，难道真的一点办法也没有了吗？制作量少一点也无所谓。需要多少钱才可以生产呢？"我接着说道。

"再有两百万的话，勉强可以支撑过去。"

"啊？"

说实话，我根本不知道上哪里去弄这么多钱。我的手肘靠在桌子上，心里想着中小企业的难处。我觉得头很重，再这样下去，不要说我设计的手表，连公司恐怕也要遇到危机。不，应该说，公司怎么样都无所谓，只要能生产我自己设计的手表就行了。第一次发售的手表不赖，只是我的运气不好，所以我把赌注都押在这次的手表上。其实，看过那只样本手表的人都对我的设计褒奖有加。当然，那可能全是恭维话，但我想等手表在市场上推出后，问问那些把它戴在手上的人，他们对手表真正的评价。因此，我需要正式的产品。只要能筹到钱，哪怕生产量少，至少可以让我的手表在社会上流通吧！

我茫然地想着各种各样的事情，想着想着，内山所说的两百万资金，不知不觉在我脑海里变成了另一种形态。所谓另一种形态，具体说就是"躺"在姑妈手提包里的项链和信封。

我抱着手臂，开始琢磨刚才想到的事情。

2

月亮被云遮着，显得朦胧。

在温泉小镇中央的大道上，每隔一段距离就立着一盏街灯。在灯光的照耀下，拥挤的旅馆和礼品店招牌看起来像是在空中连成一线，一直延续到道路的远方。

也许是因为夜色还早，路上仍有行人。在这个平时只能嗅到老人气息的温泉小镇里，意外地混杂着一些年轻人，他们也是为了看电影演员而来的吧！

姑妈和她女儿住的旅馆位于一条旅舍林立的街上，是建筑物最密集的地段。不知道那家旅馆是什么年代修建的，周围都被高高的钢筋混凝土建筑彻底遮挡住了，唯独这栋老旧的旅馆依然存在。

　　我打量四周，确定没有人注意到自己以后，便离开大街，向旅馆方向走去。姑妈住的旅馆和隔壁旅馆之间的空隙仍然停着小货车。小货车把墙壁之间的空间填得满满的，使得墙和车辆之间的空隙十分窄。我侧着身子走过去，一只手提着的工具箱也刚好可以通过，那工具箱是从内山那里借来的。

　　白天从姑妈房间的窗户看到的那块巨石，在黑暗中变成了一团更黑的暗影。多亏那块石头的位置，我很容易就判断出旁边的窗户后面，就是姑妈和表妹的房间。

　　屋里没有灯光，姑妈和表妹大概不在房间里吧！白天姑妈对我说过，晚上她们要一起去看人拍电影。

　　我来到目标窗户前方，把手上的工具箱搁在地上。

　　我开始回忆白天所看到的。姑妈房间的窗户下面有一个小壁橱，里面应该有个手提包，包里装了一条项链和一个放有现金的信封。如果我能把它们弄到手的话，就可以在工厂生产自己设计的手表了。

　　房门上了锁，对于我这种完全不懂开锁的人，是不可能进得去的。可是在这面薄薄的墙壁上挖个洞，然后悄悄地把墙壁另一边的宝物拿出来，却不是一件困难的事。

　　我双膝跪地，打开工具箱，拨开螺丝起子和钳子等，从里面拿出了电动钻孔机。电钻的形状像一把手枪，在相当于扳机的位置上，有一个转动钻头的电源开关。

我右手拿着电钻，隔着墙开始寻找壁橱所在的位置。

我在脑海中描绘着白天看到的房间模样，壁橱在窗户下方，宽度和窗户差不多，高度大约在榻榻米四十厘米之上，姑妈把手提包放在里面的右下角。也就是说，从墙外看的话，窗框左下角往下约四十厘米的地方，就是手提包所在的位置，只要在那里打个洞就行了。

我抬头看了看窗户，想确认窗户是不是可以打开。姑妈在出门前把门、窗关得死死的，还上了锁，里面的格子窗也拉上了。从外面看起来，窗户下缘刚好对着我的胸口。我从那里开始往下测量，跪着的时候，鼻子对着的地方刚好就是要钻的位置。

用钻头抵住墙壁，然后用食指按下电钻的电源后，充电电池让马达飞快地转动起来。如果把电源开到最大的话，应该可以很快完成，但那样声音太大了，所以我不得不控制钻头转动的速度。

也许是因为墙壁很老旧，钻头很容易就钻了进去，感觉就像往豆腐里钉钉子一样。

　　钻了一个孔以后，我又在旁边钻第二个孔，钻每个孔都只花了不到一分钟的时间。我钻了十分钟左右，墙壁上就形成了一个由小孔组成的圆圈。

　　最后，我拿出口袋里的小刀，把钻好的小孔连通起来。最先以为要一点一点地凿，可是出乎意料地，刀刃切割得非常顺畅。

　　不一会儿，这项工作就完成了。墙壁上出现了一个直径约十五厘米的圆形切口，周围十分昏暗，不过伸手可触。我轻轻一推，感觉到那块被切下来的圆形墙壁往里面移动了。呀，这么轻而易举就能把墙凿开，我在心里感谢旅馆那老朽的墙壁。

　　我用食指顶在圆形墙壁的中心点上往内推，那块墙壁顺利地往里面滑动了五厘米左右以后，指尖的触觉突然消失了，墙那头传来了小石块掉在地上的声音。

　　窗框左下角往下四十厘米的地方出现了一个洞，我用一种奇妙的心情迎接这一瞬间的到来。黑暗的洞孔后面，就是姑妈和表妹在出门前封得死死的密闭房间，但现在两个被分隔的空间因为一个洞而连接起来，空气可以从一边流到另一边。也就是说，墙壁的那一头已经不再是房间的"里面"，而成了"外面"的一部分了。

我环顾四周,街上一排排的街灯和店铺招牌的灯光朦胧地照亮夜空,小货车却成了一道很好的屏风,从街上看不到我的身影,我似乎没有必要担心被人发现。

我穿着短袖上衣,因此把手伸进洞里时,省去了挽起袖子的麻烦。我将左手伸了进去,洞的大小恰好可以容纳一个握住宝物的拳头出入。左手沿着洞的边缘顺利通过,我成功地从外面把手伸进了房间的小壁橱。

可能因为打洞时是目测的距离,所以好像有些偏差,手提包并不在我的手边。我的左手在墙的那一面搜索着,为了保持身体平衡,我双膝跪地,右手的手掌也贴在墙壁上支撑着。就算有点偏差,但手提包应该就在附近。

壁橱内的空气冰冷,在我无法窥见的墙壁的另一面,我的指尖触摸到某种东西,摸起来的感觉好像就是我要寻找的那个手提包。由于洞太小,我没办法连手提包也一起拿出来,所以我必须打开它,然后取出项链和信封。

这时,我的左手腕好像勾住了什么东西,有轻微的压迫感,可以感觉到有样东西悬挂在手腕上。

我想起了那只样本手表还戴在手上,可能是手表表带钩住了手提包上的金属扣之类的东西吧！我试着隔着墙壁甩了甩手，想把它弄下来。

手腕上的重量消失了，我松了一口气，但随即意识到自己犯了一个错误。

我弄掉的是戴在手腕上的手表，墙壁那端传来物体轻轻落地的声音，那是我的手表撞击壁橱里铺着的木板而发出来的。

我差点叫出声来。

深呼吸，不要惊慌。只要摸到那只表，把它拿回来就没事了。

我使劲把手往里伸，几乎连肩膀都塞了进去。我闭上眼睛，集中精神“找”那只表。因为肩膀都进了洞里，所以我的半边脸也贴到了墙上，古老墙壁的尘土气味都被我吸进了肺里。

我的左手在墙壁那边舞动，不停地在壁橱底部的木板上搜寻。手指和手掌上只留有木板的粗糙质感，过了一会儿，我的手碰到一样不可思议的东西。

最初，我根本不知道那是什么东西，只觉得软软的，很暖和。接下来的那个瞬间，我感觉到隔着墙壁，有个不应该在的人倒抽了一口凉气。

我猛地抓住那东西，从洞里抽出了左手。

刹那间，月亮从遮蔽的云中探了一下头，白色月光洒向建筑物之间的空隙。一只胳膊被我的手从洞里拽了出来，悬在那里。那手又白又细，这无疑是一只女人的手臂。

"啊——什么？发生了什么事？"

那女人近乎悲号的叫声从墙的另一边传了过来。惊慌失措的不只她一个，还包括我。

我的手没有松开那只手腕，悬在洞外的那只手开始不安分地扭动起来。我几乎是无意识地用了全力去制止它，但女人的手腕仍然不停地挣扎。

"听着，别动！"

我隔着墙对那边的人说。紧接着，不可思议地，某个想法像水渗入地下一样在我的脑海里扩散开来：意料之外的事情发生了。

我原以为姑妈和表妹都出去看人拍电影了，然而事实上却不是这样，一定是她们当中的某个人留在房里，而我却愚蠢地抓住了她的手！

"你是谁？"

墙那边传来女人惊恐的声音。

我想起刚才那一霎被月光照亮的白皙的手，觉得那应该是年轻女人的肌肤，所以现在我手上紧握着的应该不是姑妈的手，而且那声音也不像姑妈。

我想起下午在走廊上碰见的表妹，她的面孔在我脑海中浮现。

"别出声！不然的话……"

不然的话，我打算怎么样呢？我……我也无计可施。墙壁上挣扎的手安静了，在等待我的下一句话期间，四周一片寂静。我们两人一下子安静下来，等待着我继续说下去——包括我自己。

"不然的话，我就切掉你的手指头！"

"真的吗？"

"不信你试试！"

女人的手慌忙地往回缩，我用双手紧紧拉住它。由于力量悬殊，我阻止了女人想把手缩回洞中的企图。只要我不放手，她就只能把手伸在外面动不了。

"好痛！你放手！"

"不行，你忍着点！"

说到这里，我忽然想到，房里除了表妹以外，姑妈可能也在。

"这屋里除了你,还有别人吗?"

"有啊,有好多人呢!"

"那为什么没有人过来?"

她支支吾吾地说不出话来,所以我推测她在说谎,姑妈其实不在。可能她一个人出去了吧。

面对这意想不到的局面,我开始打退堂鼓,想就此逃走算了。但我不能立刻这么做,必须做的事情还没有完成呢。

"你是谁?"

墙壁那边传来颤抖的声音。

"你不要大声说话!"

"刚才的声音并不大呀……"

我没有理会她那微弱的抗议,再次审视自墙壁洞孔里伸出来的手臂。光线很暗,看不清楚,但可以知道露在外面的部分已经接近肩膀了,那似乎是她的右手。我能想象表妹在里面的姿势——大概是上半身靠在壁橱内侧的墙上,像刚才的我那样,半边脸紧贴着墙壁吧!我这样做实在对不起她,可是我现在必须以一个凶狠小偷的态度来对待她,如果我的态度有所缓和,她就一定会大呼小叫的。

"听好了，你如果大声说话，我就切掉你的手指头！"
我对着长了手的墙壁说道。

于是墙那头回答："我知道了。"我握着她的手说话，
却看不见她的脸，我的眼前只有一道古老的墙壁。

"可是，我真的不知道这是怎么回事。你是准？"

"我是小偷！"

"你撒谎……谁会愚蠢到说自己是小偷呢……"

那是对我的讥讽吧！

"你有什么目的呢？"她问道。

"钱！把你旁边值钱的东西都给我拿过来！"

"值钱的东西？"

"没错！"

说到这里的时候，我不知道该怎么告诉她，我的目标是
姑妈的手提包，总不能直接叫她把手提包里的项链和装钱的
信封交给我吧！如果那样说的话，她们一定会想：那个小偷
是怎么知道手提包里有什么东西的？虽然我也是偶然看见了
那里面的东西，而姑妈没有察觉到这一点，可是这样一来，
她们会怀疑是自己人干的。

"嗯……你把行李里的东西都交出来！"

"行李？我的行李里只有牙刷和换洗衣物……"

"不，不是你的……"

话没说完，我突然意识到一个几乎令我停止呼吸的事实。

姑妈外出时，会把手提包留在房里吗？不，她带着手提包外出的概率很高，一般不会把皮包留在屋里而出门的。我连这么简单的事都没有想到，然后就在什么也没有的壁橱的墙壁上钻了个洞。结果呢？我现在抓到了什么？一只女人的手臂啊！

趁我沉默的时候，她想把手缩回去。我用力阻止了她。

"不管什么都可以，把你的钱包给我！"

我简直想哭，显而易见，计划已经失败了。

"钱包？钱包放在……被子的旁边。可我拿不到呀！除非你放开我的手。"

她的话是真是假，我无法判断，要在抓住她的手的情况下，伸长脖子从窗户窥视屋内是办不到的。房里仍然没有开灯，格子窗也关着，窗户的锁也锁得好好的。而且，她的钱包其实一点都不重要。

"我说，就算我能拿到钱包，又该怎么给你呢？虽然你在墙上打了洞，可是这个洞不是被我的手臂堵住了吗？"

"你不能用另一只手把窗户打开吗？把钱包从窗户里扔出来就行了。"

"不行的，我的手碰不到锁。你还是放开我的手，什么也别做，回去吧！"

"不行，什么也没弄到手，怎么能回去。"

我一边说，一边懊恼着。

我的手表应该掉在里面了，因为没有开灯，所以她还没有发现。手表可能就掉在她的鼻子附近，我必须把它拿回来。

原因就是，白天我已经向姑妈展示过那只手表了，还告诉她那是世上独一无二的样本表。

如果我让那只表留在里面就这样回去的话，明天早上身穿黑色制服的警察就会"造访"我家，向我出示装在塑料袋里的证物手表，然后面带可怕的表情问我："这是你的吧？"到那时，我装蒜也没有用。

但她说得也对，墙上的洞让她的手臂堵着，这样她也没办法帮我找表。可是我一旦放开她的手，她一定会跑出房间求救。我能在其他人赶到前找回我的手表吗？

而且，一旦手被放开了，她很有可能马上开灯，从窗户里看清楚我的脸，那我就无论如何也逃不掉了。她一定会告

诉警察，那个小偷就是白天在走廊上遇见过的，母亲认识
的人。

我紧紧地握着她的手，双方陷入了胶着状态。

3

　　我看了看四周，以确认暂时还不会有人来。月亮又躲进了飘浮的云中，我身处的建筑物空隙让夜色显得更加深沉。右边是靠大街的方向，小货车像一面屏风把我遮住，左边恰好是那块大石头。

　　白天从房内向外看的时候，只觉得这块石头碍眼。可是现在想来，这块石头不但帮我确定了姑妈房间的位置，还从左边替我挡住了别人的视线，我真想抱住这块大石头好好地感谢一番。然而，就算是抱住它，也只是弄得自己一身冰冷。况且，我必须紧紧抓住这只从墙壁里伸出来的手，抽不开身。

　　我弄不懂现在这种进退维谷的局面到底是如何造成的。当然，主要原因是我在墙上凿了一个洞。可是她呢？她又是怎么回事？我以为她已经和她母亲一起去看人家拍电影了，可是为什么她会在房里？又为什么会被小偷抓住了手呢？

"都怪你啊，就是因为你待在房里才会这样的。"

我对墙壁那边的她说。

"我本来是要出门的。那样的话，就不会遇到这么倒霉的事了，真倒霉……"

她在墙那边叹了口气，我隐约听见她的气息从肺里冲出来的声音。她所说的出门，一定是指和姑妈一起去看人拍电影的事吧！听她的语气似乎不太情愿和母亲一起出去。

"你为什么不开灯？为什么把手伸进壁橱里？"

"我在睡觉，壁橱里有声响，把我吵醒了……"

她好像已经绝望似的静静地说着，伸在墙外的手一动不动。她说她听见壁橱里有动静，以为是放在包包里的手机在响，于是灯也没开，就在半睡半醒的状态下打开壁橱，在里面找她的手机。

我还以为那个就是姑妈的皮包，倒霉的是，我和她的手在黑暗中相遇了。

"嗯？"

隔着墙壁，我和她同时发出这样的声音。

那个皮包就在墙的那一头，而且恐怕就在她可以自由移动的左手能触及的范围之内。皮包里有她的手机，她可以用来求救。现在这个时代，就算不发出声音，用一只手发出一则短信一点也不难。

"喂，喂，你别打电话！"我焦急地说。

墙那头没有回应，反而听见像有一只手把皮包翻过来，将里面的东西都倒出来时发出的嘈杂声响。

"喂，你在找手机吧！"

"我没有。"

她十分镇静地撒了谎。

"喂，把手机给我！"

"好啊，我该怎么给你呢？"

她的声音里带着一种胜利的骄傲和得意。那个洞已经被她的手臂塞得满满的，再没有可容下其他东西通过的缝隙，她又说开不了窗。

"你听清楚，如果再让我觉得你在找手机，我就在墙壁这边切掉你的右手手指！"

我再次宣称要切掉她的手指。每当我这样威胁她的时候，我就会想，我是无论如何也做不出这种事来的。我只要想象一下自己切掉别人指头的情形，脸就会立刻变得刷白。我对恐怖电影可以说是深恶痛绝。

她沉默了一会儿。我握住她手腕的手中渗出了汗水，那汗水是从我的手心里，还是从她的手腕上渗出来的，我不得而知。我们保持着沉默，只有呼吸声透过墙壁传入彼此耳中。

过了一会儿，她说话了。

"你做不了这种事的。"

"你怎么知道？"

"因为你不像坏人。"

我左手握住她的手腕，右手从工具箱里取出钳子，把钳子的刃贴在她的手指上。她感受到锋利而冰凉的钳子，惊慌失措地说：

"我明……明白了，我不会打电话的。"

其实我自己也很困惑这么做是否合适。

"把手机扔到房间的角落里去！"

里面传来了衣服的摩擦声，然后是什么东西落在远处榻榻米上的声音。

"我已经扔了。"

"也许你扔掉的是定型液或其他什么东西吧！"

"你觉得我还敢对你耍花招吗？"

这时，从里面靠墙的地方传来铃声，我可以肯定那就是手机铃声。正如我想象的那样，她刚才扔掉的不是手机。

"不许接电话！"

电话铃继续响着。她不知如何是好，我从紧握着的手腕可以感觉得到。

"我知道了。"她沮丧地说道。

紧接着，响着的铃声转移到房里较远的地方，然后在那儿继续响了一阵子，我们屏住呼吸静静地听着。过了一会儿，打电话的人终于放弃了，周围恢复了寂静。

"我说……我说，你为什么不放开我的手逃走呢？你的行窃不是已经失败了吗？"

她说到了我的痛处。

"我一放手，你马上就会大声呼救吧？只要这样抓着你的手，你就没办法那么做了。"

"可是，趁早逃走对你来说才是明智之举啊！"

要是没有弄掉手表的话，恐怕我已经那么做了。有没有办法可以既不放开她的手，又能拿回掉在里面的手表呢？我绞尽脑汁地思考着这个问题。

唉，我真不该做小偷呀！偷钱真是一个愚蠢至极的决定。如果能逃掉的话，我一定听内山的话，不再胡思乱想，老老实实地工作。

我默默地反省着，手还是紧紧抓着她的手腕，我可以感觉到她手腕上的脉搏不断地鼓动着。

我沮丧地垂着头，无意识地用右手去摸扔在地上的电钻，把它捡起来，抬起了头。

我想到一个简单的办法，可以不让她发觉我掉了手表的事，又可以把手表拿回来。

我把钻头对准第一个洞右边四十厘米左右的地方，按下了电源开关。钻头轻松地钻进老朽的墙壁中，小孔很快就可以形成了。

我真是太蠢了！只要再钻一个洞，不就可以解决了吗？左手一直抓住她的右手不放，然后用另一只手再钻一个洞，我可以把手伸进去，把掉在里面的手表拿回来，然后就可以逃之夭夭了。

她不明白我又在干什么，隔着墙壁问道：

"这是什么声音？"

"你最好别出声。"

第一个小孔打通了。我必须再打几个小孔，把它们连起来形成一个大洞。

"你在用机器钻孔吗？"

"别碰穿过墙壁的钻头，免得伤到你。"

"你果然不像是坏人。"

我感觉她在墙那边微微笑了一笑。

第二个孔完成了。我换了一下钻头的位置，开始钻第三个孔。

我想通过说话，转移她的注意力："你为什么没有出门？"

"什么？"

"你刚才不是说，本来是要出门的吗？"

她本来应该被母亲拉着去看人家拍电影的，我听姑妈说过。

"这和你有什么关系？"

"当然有了。要是你不在，我的钱就到手了。"

一段时间里，黑暗中只有电钻的声音与温泉小镇毫不相称的马达声响，在建筑物与建筑物之间的狭小空间里回荡。我握着电钻的右手被震得不断发抖，又打完一个孔了，我移开钻头的位置，开始钻下一个孔。

"你的父母都健在吗？"

"一年前都死了。"

"是吗？我的父母对我有太多要求，我觉得很累……"

"他们不顾你的感受吗？"

我想起白天见到姑妈，就女儿升学的事，她说的话："我打算让她上一所我喜欢的学校。"姑妈是否一手操控着女儿的人生呢？

"所以，今天我是故意反抗的，本来说好要去的。"

"去电影拍摄现场？"

"是啊……你怎么知道的？"

她怀疑我是事先调查了她的行动，然后趁屋里没人的时候行窃。

"有很多游客来参观拍电影，所以我就随便猜猜罢了，我对你一无所知。"我撒了个谎。

"那倒也是。"她这么说着，接受了我的解释。

她一定是违抗了母亲的命令，而选择留在房间里。

"我很爱我妈妈，所以不论什么事都顺着她的意思去做。她高兴，我就觉得很高兴。可是最近，我也说不清楚，我发觉事情并不是这样……"

她的声音很纤弱，像个小孩子似的。也许是这个原因，我不由得感到她对生活一定持严肃、认真的态度。她正活在对母亲的爱和反抗的夹缝间，违抗父母对她来说是一件重大的事情。

我一边钻着第十五个孔，一边想起自己在她这个年龄发生的事情。

父亲执意要我上大学，而我却为了学设计一心想念专科学校，我和父亲几乎所有的时间都是相互瞪着对方度过的。最终，我还是没有听从父亲的意见。现在，我和朋友经营着一家设计公司。

一年前，我父母因为乘坐的汽车被一辆闯红灯的货车撞上而当场死亡。

父亲在去世前一天，仍然对我不上大学而满腹牢骚。当我和父亲谈起设计手表的理想时，却引来他不屑的嘲笑。我当时非常生气地说：

"你有什么资格这么看不起我！"

父亲是一个在小工厂上班的普通人，没有高学历，在工厂的职位也不值得一提。在旁人看来，他的人生平庸得可怜。这样的父亲凭什么对我的人生指指点点呢？我这样一说，父亲便泄了气，不再作声。

小时候，我也和父亲吵过架，可是裂痕总会在不知不觉间自动修复，也许是我还小的缘故吧！一转眼，我就忘了吵架的事，很快又会和父亲说话。可是不知道从什么时候开始，我变得不能面对面和父亲好好地讲话了。

我和内山用我父母的保险金开了这家设计公司，直到现在，每当我想起父亲，还是难受得喘不过气来。这到底是因为气愤，还是因为悲伤，我自己也弄不清楚。

我突然发现自己在不知不觉间停止了打孔，大概是想事情入了神。这时，钻头钻开的小孔已经连成一个半圆，只要再打十个孔，应该就可以凿出一个可容一只手进出的小洞了。

"即使父母反对，我也没有听从他们。"

我对她这么说。

"那么，你的人生又过得怎么样呢？"

"如果过得好的话，我现在就不会在这里握着你的手了。"

那倒也是，她对我的话表示理解。

"你不后悔吗？"

我很希望可以骄傲地说，自己的选择当然不会有错。如果我当初选择按父亲的意思来过自己的人生，一定会心有不甘，会感到遗憾的。

我把这样的想法说给她听，但没有提到那些可以让她猜到我身份的部分。我感觉到墙那边的她，在静静倾听着我的话。

不一会儿，我打完了所有的小孔，把电钻放在地上。

小孔打完以后，墙上形成一个完整的圆形。把切成圆形的墙壁往内一推，它就落到墙后面去了，第二个可容一只手进出的洞口打开了。

这时候，她已经无话可说了。我们彼此都默不作声，在一种奇妙的沉默中，我只是紧紧地抓住从墙里伸出来的手腕。在云层遮盖月亮的夜晚，建筑物间的空隙显得尤其黑暗，我的心在黑暗中变得越来越平静，根本想不起不远处的那些礼品店和夜行的路人。一切都融入了周遭的黑暗中，世界好像只剩下我所紧紧握着的那只手。

"你又凿开了一个洞吧？"

那女人从墙壁里伸出来的右手动了一下，她的右手也悄悄地握住我左手的手腕。可能是长时间暴露在外面的缘故，她的手很凉。

"真对不起。"

我说着便把右手伸进刚刚凿开的墙洞里，在壁橱里找寻我的手表。我发觉里面散落着各种各样的物品，一定是她刚才找手机时从手提包里倒出来的。我的右手在壁橱底部的木板上摸索着，每当抓到一样东西就用手摸一摸，看看是不是自己的表。

不一会儿，我的右手碰到一件东西，手感和重量都与自己的手表一样。如果我的手活动自如的话，我恐怕会抚着胸口大松一口气。

就在这时，墙那边我抓住手表的右手突然被紧紧地握住了。我想一定是她用能自由活动的左手，握住了我的右手。

同时，我的左手也起了变化。刚才她悄悄握住我左手手腕的冰冷右手也突然用力，之前一直是被我抓住的手，这时也紧紧地抓住了我。

我的两只手都被抓紧，右手深深地插进墙洞里动也不能动，和隔着墙壁的她是相同的姿势。

"这下我们打平了。抓住你这只手，你就不能切掉我的手指头了吧？"

她在墙壁那边得意扬扬地笑。虽然看不见，但她的样子却浮现在我的眼前。

我的右手被她固定在里面，无法捡起用来切她手指的钳子，我好像一个被夺走了架在人质脖子上的刀的绑架犯。

"真是……真是……见鬼了。"

我在无法动弹的情况下，不禁喃喃自语。

"真是太遗憾了。"她说完突然大叫起来，"来人啊！抓贼呀！"

她的喊叫声刺破了宁静的夜空，古老的旅馆墙壁也被她的声音震得颤抖。

我慌忙看了看四周，背后那栋建筑物的房间亮起了灯，我所在的地方也被灯光微微照亮，也许马上就会有人从窗户探出头来。

"放手！"我对着墙壁那头大叫。

这时，我的左手仍然抓着她的右手，连我自己都觉得这话说得很不公平。

"不放！"

于是，我用力把右手往外抽，她那抓住我右手的左手也被我一块儿拉到洞外。即使如此，她还是丝毫没有放开我的意思。

墙壁里伸出两只白皙的手臂，我被这两只手困住了。我想她的力气很快就会用尽吧！可是在此之前，可能就会有人赶来把我抓住。

隔着墙传来有人从走廊那头跑过来的嘈杂声和急促的敲门声，她好像把房门锁上了，那对我来说是很幸运的事。

我把嘴巴张得大大的，在她抓住我右手的手腕上咬了一口。

"好痛！"

这一口就算没有咬出血，也一定留下了深深的牙印。

在她喊痛的同时，抓住我手腕的力量减弱了，我没有放过她松懈的那一瞬间。

我把双手猛地一拉，总算挣脱了她的手。由于用力过猛，我向后一屁股栽倒在地上。我俩的手都获得了"解放"。

我的手逃脱以后，从墙里伸出来的两只手臂也立刻消失在墙洞里。借着后面窗户透出来的灯光，我看见白皙的手臂被吸进墙洞里去的那一个瞬间。

墙上只留下两个黑漆漆的洞。

我的右手还紧紧地抓着那只表。我没有时间打开手掌确认，但触觉告诉我那就是我的表。我把它扔进工具箱，接着把地上的工具也塞了进去。

我穿过背街的小巷，跑到停车的地方。幸运的是，没有人追来。我跳上车子发动引擎，很快就驶上了公路。当我把车停在便利商店停车场的时候，才总算解除了对外界的警戒。

坐在驾驶座上，便利商店的灯光穿过挡风玻璃照到我身上。总算逃过一场劫难了，我安心地抚着胸口，长长地松了一口气。我打开工具箱，确认一下有没有在现场留下什么东西。

把手表放进工具箱的时候，我并没有仔细看，这时才发现我在墙洞里摸到的，是一块在市面上到处可以买到的普通手表。虽然摸上去的感觉和重量的确和我的表很相似，可是它显然不是我的那只表。

也就是说，我拿走了她的手表，而我自己的手表却留在她的房间里。

4

一年过去了。

"我终于知道你设计的手表为什么销量大增了。"

内山一边说，一边在我桌上放了一杯咖啡。

那时，我正望着墙上的日历，回想一年前那件不可思议的事情。那个在旅馆墙上钻洞的夜晚，现在想起来还像一场噩梦。值得庆幸的是，我没有被警察抓住。

那一夜之后的一个星期，我尽量避人耳目，过着隐居般的生活。内山看到我那副样子，以为我是因为手表停止生产而颓废、沮丧。

半年之后，我们的经营有了起色，所以尽管生产数量很少，但我们终于有余钱推出我设计的手表了。我觉得那天晚上我没有被抓住实在太幸运了，那晚要是被抓住的话，发售手表的计划也不可能在半年后重新开始。

就这样，我设计的手表在市场上推出了。刚开始的时候，销售情况跟上次一样并不乐观，可是过了几个月后，销售量却突然出现了明显的上升。

"喂，你听见我说的话了吗？"内山整个人站到我面前，挡住了日历。

"销售量上升，说明我的才能终于得到别人认同了呀，内山！"

我这么一说，他愕然无语了。

"对了，你看过那部电影吗？"

"电影？"我不解地问。

他点点头向我解释，那是最近大受欢迎的一部电影，正是一年前在温泉小镇拍摄的那一部。

"你说的就是那个吧！主演的女明星有一个是由两个汉字组成的古怪艺名，是吧？"我得意地展示从姑妈那里学来的知识。

"你胡说！什么古怪的名字！"内山义愤填膺地说。他坦白告诉我，那个女明星演出的电视剧他每集必看。我平时不爱看电视，所以连她演的是什么样的电视剧都不知道。

"过两天有她的握手会，我带你去。"

"不用了，我可没那么无聊。"

"喂，你也太奇怪了吧！竟然连她都不知道。这样吧，我有她的 CD，你听听看。"

他说着就从抽屉里拿出一张 CD。那个偶像派女星竟然还出了唱片，我感到吃惊。还有内山竟然买了她的唱片，并把它放在公司，也同样让我惊讶。可是，他为什么要跟我提起那部电影呢？我们本来不是在谈论手表销量上升的事情吗？

备有 CD 播放器的音响组合传出阵阵清澈的歌声，我的思绪突然被打断了。

"怎么样？"内山满面笑容地看着我。

然后，他的脸又沉了下来，因为我突然站起来，弄倒了椅子，呆呆地站着，动也不动。

我听着歌声，想起一年前的那个夜晚……

那个夜晚……

我总算平安地把车开回公寓，但关键的手表依然留在墙洞里面。

　　我收拾好房间，拔掉了电视机和录像机的插头，吃掉冰箱里看起来快要坏掉的食物，做好被逮捕的准备。这样的话，即使很久都无法回来也没有关系。

　　我一整晚都没合眼，等着警察到来。天亮了，十点左右，电话突然响起。我拿起话筒，是姑妈的声音。

　　"你到旅馆来一趟。"

　　终于，终于传唤我过去了。

　　我开车驶向昨晚离开的旅馆。进了房间，姑妈已经倚着桌子，在那里等着了。我搜寻表妹的身影，可是没有看到她，一定是我昨晚做的事让她不想再见到我吧！我一边这样想着，一边跪坐在姑妈面前。

　　"你来啦！"她说，"我女儿很快就会回来，请稍等一下。"

　　"我知道你叫我来干什么。"

　　"哦？是吗？"

　　"我没有反抗的意思，我已经认命了，请你臭骂我一顿好了。"

　　"臭骂？你这孩子真奇怪，我只是打算出去观光，想让你替我们开开车罢了。说什么认命，这也太夸张了吧！难道我提了过分的要求吗？"

观光？我一下子摸不着头脑，可能是我的表情太呆滞，姑妈皱起了眉头。

"昨晚我们去看人拍电影了，但觉得没有意思，所以今天打算去观光。"

背后的门被打开了，表妹走进房间，正是昨天在走廊上见过的那张脸。她注意到我坐在房里，于是低头和我打了招呼。

"你好。"

她的声音给我一种不太和谐的感觉。

她从我面前走过，在窗户下的小壁橱前跪了下来，打开了壁橱门。

"天哪！"我差点没有叫出声来。壁橱内侧的墙上应该有两个洞的，我确确实实在昨天晚上亲手凿开的呀！可是现在根本没有洞的影子。我站了起来。

"怎么了？"表妹用奇怪的眼神看着我说。

我终于明白为什么刚才有一种不和谐的感觉了，因为表妹的声音和我昨晚听到的女人的声音，根本不是同一个人。表妹穿着短袖黄色 T 恤衫，左手腕露在外面，非常光洁漂亮，根本没有我留下的牙印。

我跟跟跄跄地走到窗边，往窗外一看，发现外面的风景和记忆中的有出入，昨天明明存在的那块大石头不见了。

"昨天这里不是有块大石头吗？"

"石头？啊，那块假石头吧？"

"假石头？"

姑妈告诉我，这个旅馆里住了很多电影拍摄团队的人。旅馆允许他们把部分电影道具放在后面的院子里，而那块巨大的纸糊假石头昨天的确是放在窗户旁边的，但因为孩子们跑到里面去玩，所以今天早上摄影团队就用车把它运走了。

我终于明白了。

我跑到外面查看旅馆的墙壁，昨天晚上我所在的那个地方果然有两个洞。只不过，不是姑妈她们住的房间，而是隔壁房间的墙壁。

那块巨石是假的，是纸糊的道具，轻得连小孩子都可以移动。我一直以为那是一块真的大石头，以为通过石头的位置就可以锁定姑妈房间的位置。

可是昨天我离开姑妈的房间后，不知什么时候，石头的位置被移动了。没有发觉这一"情报"的我，误以为隔壁房间就是姑妈母女的房间，在那里的墙壁上凿了两个洞。昨晚看到的白皙手臂，就是住在隔壁房间那女人的吧！

再仔细一瞧，小货车也不见了，那大概也是摄影团队的车子吧！我很自然地联想到，摄影团队的人把大石头装上小货车运走了。

"对了，听说昨天晚上有小偷'光顾'旅馆呢！"

我回到房里的时候，表妹正在跟姑妈聊昨晚的事。姑妈好像是刚刚才听说，显得非常吃惊。

"今天我得用车，不能和你们去了。"

我说完便离开了旅馆。昨晚的女人也许还在旅馆里，如果她听到我的声音，很有可能认出我就是昨晚的小偷。

我就这样默不作声地迅速逃离了旅馆。后来，姑妈又给我打电话，说："我女儿不肯听我的话，上我说的那所大学。"她很困惑，想听听我的意见。

握手会的会场设在离车站走路约五分钟的一家大型唱片行一楼，平常一排排的商品架不见了，宽敞的会场中央搭了一个舞台。

"人可真多啊……"

听到我的嘀咕，内山愉快地点了点头说：

"这恰好证明了她的超高人气啊！"

虽然她本人还没有出现，但是从握手会开始前三十分钟，会场就已经很拥挤了。电视台的录像机正在拍摄会场内人头攒动的景象。

她依然使用着那个奇怪的艺名，会场内到处可以看到那两个用来当作名字的汉字，到处张贴着她新专辑的宣传海报。从未见过这种场合的我，算是开了眼界，原来有人气的艺人是如此受欢迎。

走路的时候，我尽量选择人少的地方。即使如此，周围的缝隙还是让她的影迷、歌迷填得满满的，我简直无路可逃，无论朝哪个方向看去都是密密麻麻的人头。

旁边有一群人正在一本正经地谈论着什么，我侧耳倾听，原来她们在讨论她主演的电视剧的最后一集。我开始觉得自己来错了地方，就问内山：

"我到外面抽根烟再进来，可以吧？"

话刚说完，大家的视线就一致落到我身上，而且全是责备的眼神。

"喂，难道你打算用抽过烟的手跟她握手吗？"内山生气地对我说。

虽然她讨厌烟味的消息早已被灌输到我脑子里，可是看到周围这些人的反应，我觉得她好像比我预期的要讨厌得多，像是她吸了一口烟就会死掉似的。

这时，舞台附近的人发出欢呼声，之前还气呼呼的内山突然换了一副神采奕奕的表情，朝舞台那边看了过去。

在震耳欲聋的欢呼声和掌声中，一个二十岁左右的年轻女孩登上了舞台，站到手持麦克风的主持人旁边。她长得和海报及 CD 盒封面上的照片一样漂亮。

她的个子可能比我稍矮一点，在近乎噪声的嘈杂声中，她站在那里显得从容不迫，笔直而优美的站姿给我留下了深刻的印象。会场中所有的视线都集中在她一个人身上，她却没有丝毫紧张，脸上带着平静的微笑。我也被她端庄美丽的容貌和从容大方的气质吸引着，我明白她为何这么受欢迎了。

她的声音透过麦克风从扩音器里扩散开来，她在跟参加活动的人寒暄。嘈杂的会场一下子安静了下来，大家竖起耳朵想听清楚她的声音，她成了会场内所有人的注意力焦点。那天在公司里，内山让我听她的 CD 时，我便发现她的声音听起来很耳熟。

那时我就觉得，CD 里传出来的声音，我好像在什么地方听到过。可是我又想，既然她是人气艺人，那么在某个地方听过她的声音也是很正常的。就算再怎么不看电视，还是有可能在其他地方听到她的声音，所以当时我就只当是自己想多了，没有在意。

而我发现事实并非如此的时候，是内山关掉音响的电源之后。他对我说："你设计的手表最近突然大卖，是因为在我刚刚说的那部电影的最后一个镜头里，她手上戴了一块一模一样的手表。"

据说看了那部电影的女生争相模仿，纷纷去买我设计的手表。购买的人都说设计新颖巧妙，并对我的设计感到非常满意，然而，她们购买的动机却显然是受到电影的影响。

"我看过那部电影了，真的很像。不过不可能是一样的吧？拍电影的时候，你还在到处向人炫耀你的样本手表呢！"

内山对我滔滔不绝地讲起有关她的各种事情。比如，她因为顺应母亲的意思而进入了演艺圈，艺名、工作的选择，甚至形象设计，她的母亲都一一参与。

还有，一年前拍那部电影时，传说她悄悄逃走，给摄影团队带来了很大的麻烦……

"当然，这只是传闻。不过，从那次以后，她好像在形象上改变了路线，总觉得她的表情比以前更加开朗了。"

内山说起她的事情时显得很愉快。

"你在干什么呀！开始排队了。"内山拍了拍我的肩膀说。

我看了看周围，舞台上的她已经结束寒暄，众多粉丝开始依次排队准备和她握手，店里穿制服的工作人员亦提高嗓门来维持秩序。

队伍前端连着舞台的短台阶，人们将依次走上台阶和她握手，然后从另一个台阶下去。握过手的人直接穿过出口，离开会场。

内山拉着我排入队伍中。我没有反抗，因为我开始觉得和名人握手留念也不错。

越过一长串脑袋，我可以看见台上她的身影。人们一个接一个地从她面前通过，大家和她紧紧地握了手，然后一脸感动地离开会场。

我从很远的地方望着她的脸，她的眼光显得很柔和。当她左手腕上戴着的东西映入我的眼帘时，四周的嘈杂声都消失了。

从那晚以后，一年过去了，但她仍然没有扔掉那只手表，还戴着它。她不但没有把它交给警察，还戴着它拍电影。她很喜欢我的设计吗？如果真是那样的话，我自己都感到无地自容。我很想感谢她，可是我该用什么样的方式向她表达我的谢意呢？

队伍在缓缓移动，我和内山的位置离舞台越来越近了。我开始无法平静。

不知为何，我突然想起父亲，可能是因为那天晚上，我和她说话时想起了父亲吧！

以前，我总是想等我设计的手表获得认同之后，到父亲的坟前告诉他，我的选择是正确的，否则难以平息我对父亲的怨气。因为他一直反对我的选择，一直都认为我是家族的耻辱。

现在，我的成就已经得到人们的认同，虽然还只是一点点。按理说，对父母说起我工作的成果来，我也不会再感觉丢脸了。可是现在不知为什么，我"替自己争一口气"的念头突然消失了。

排在我前面的内山走上了舞台，我也紧跟着他走了上去。她已经近在我的眼前了。

小时候，父亲送我的金黄色手表，现在还躺在公司桌子的抽屉里。我调查过，其实那是不起眼的便宜货。然而，对于小时候的我而言，它和真正的黄金没有区别，重重的，酷酷的。

最近我一个人在公司的时候，又试着把那只早已停止转动的手表戴在手上。不知从何时开始，那只手表已经既不大，也不重了。

我意识到，在父亲的坟前，我已经不能用一种单纯的心情来大声反驳说："老爸，你错了！"因为如果有人问我为什么喜欢手表，我不得不回答说："因为父亲曾送过我手表。"

不知不觉地，内山已经在和她握手了，他紧张的样子简直惨不忍睹。

走近看，她显得特别美。她给人的感觉与其说是一个人，不如说是一种只有通过电影或电视才能看到的虚构生命，在她的周围仿佛是另一个空间。

内山恋恋不舍地放开手，从她面前走了过去。随着他走过去的步调，我也跟着前进一步，身后的队伍也依次向前进了一步。

面对面地，我用右手和她握了手。那天晚上隔着墙壁不识庐山真面目，现在她的脸就近在眼前。小巧得可以用两只手完全包覆住的脸上，一双美丽的眼睛笑得眯成一条线。

我想这时如果不说些什么来表明自己的粉丝身份的话，会显得很不自然，因为每个人都把这样的话挂在嘴边。

这时候，她洋溢着微笑的表情突然变了。

微笑消失，她像一只睡醒的猫起床时那样睁大了眼睛，垂下眼帘紧盯着我的手。用右手和我握手的同时，她伸出左手放到我的右手腕上。

猛地，她的手握紧了。

我紧张得屏住了呼吸。

这样的状态持续了二十秒左右，她默不作声，像在想什么事情想得入了神。对于秩序井然、以一定速度前进的队伍来说，停顿的时间太长了。周围的人不知道发生了什么事，纷纷骚动起来。队伍中的粉丝们、店里的工作人员，以及握手会的主持人，都为她奇怪的样子感到困惑。

不一会儿，她放开我的手，停下来的队伍又开始前进了。

她放开我的手后，我朝下台的台阶走去。回过头一看，她也望着我，脸上带着一种得意的微笑。

周围的人和在我之前下台的内山，都用一种震惊的表情来回看着我和她。

我慌忙离开那里。因为她的笑，以一名艺人对一个素不相识的粉丝来说，实在是太特别了。

胶卷中的少女

1

啊，不好意思，不好意思。你长得很像我的一个熟人，所以我就忍不住盯着看了。很高兴认识你。是我自己定在这家咖啡店见面的，结果我却迟到了，真对不起。

不，没关系。我今天有空，大学也放假了。是的，我是大学生，现在读二年级。大一时和小 K 选了同一门课，所以就成了朋友。我的名字叫……你已经听她说过了吧?

我以前就听她说，她父亲有个朋友是小说家，指的就是你吧! 我在拜读老师的作品时就想，老师的名字是真名吗? 还是……笔名? 不，我只是觉得好奇罢了。

小 K 吗? 是的，她很好。她今天可能又去钓鱼了吧! 是啊，那是她的爱好。她参加了一个钓鱼俱乐部，还邀我一起参加，但我婉拒了，不过看她那么活跃，她真的是很厉害呢……我在一旁看着她的时候，总会这样想。我这种人呀，做任何事都畏首畏尾的……

小K已经告诉我了，你是为了搜集小说题材而在寻找一些可怕的故事，对吧？所以她就想到我，还给你打了电话……因为我曾对她稍稍提起过那件事情……

正因如此，我和老师才会在这家咖啡店见面。说起缘分，真是奇妙啊！真的像是……被某个人的意志牵引着……啊，店员在看着这边呢！老师那杯是红茶吗？我喝点什么好呢？

你不太习惯我叫你老师吗？可是，除此之外，我应该怎么称呼你才合适呢？就让我叫你老师吧！我也来一杯红茶吧！

是的，我常常光顾这家咖啡店。我喜欢这里昏暗的光线，还有这种木制的桌子……是的，空调的温度可能调得太低了……特别是里面这个位置，风刚好从正上方吹下来……要不换个位置吧！我穿着外套不要紧，老师穿短袖看起来很冷……坐这里可以吗？

小K已经把大概的情况告诉你了吧？是吗……其实，我只告诉了她一些无关痛痒的部分。我本来很烦恼，不晓得今天该不该和老师见面……因为这件事不太方便随便就对人说……这一个月以来，我一直在犹豫，不知道该怎么办才好……不过，最后还是下定决心，决定把这件事告诉别人。

事情是从电影研究会的社团办公室开始的。老师经常看电影吗？我很喜欢电影，常常跑到电影院，这可以说是我唯一的爱好……刚才讲到小 K 时，我不是说我做任何事情都缺乏勇气吗？可是上大学以后，我下了很大的决心，决定一定要参加学校的社团活动……其实只要敲敲贴着"电影研究会"海报的社办大门，告诉他们我想入社即可，可是我却非常害怕……

我站在门外，听见里面人声鼎沸，我很怕进入那样的地方……我在门外徘徊了很久，后来有人经过，我就逃走了。不过，我早已下定决心，上大学后一定要改变自己，创造新的人生……

高中时的我真的什么也没做过，只是每天去学校上课，然后回家。因为没有要好的朋友，所以也不会和朋友去其他地方玩，只是在回家途中顺便逛逛影片出租店。我总是想，自己到底是为了什么而活着，在死去之前的漫长时光该怎么打发呢？像我这样活着，恐怕永远也做不出有意义的事情，还不如死了好……人际关系、在班上的位置以及考试等问题，

全都压在身上，让我几乎喘不过气来，我觉得那时自己应该
得了轻微的抑郁症……

很不可思议，是吗？那样的我居然想参加社团活动……
也许这对于一般人来说根本算不上什么，可是对我来说，要
下那样的决心不是一件容易的事……变得积极乐观对我而言
是个极大的变化……

在社办门口徘徊了一个星期左右后，我敲响了那扇门。
然后，我顺利成为电影研究会的一员。研究会的主要活动是
拍摄自制的电影，然后在每年的学园祭[1]上映。不……不是，
我不是导演。老师真会开玩笑，我怎么可能是导演呢……我
只是打打杂，帮忙准备服装和小道具之类的。在喜欢电影的
人聚集的地方，我只要在一旁看着大家就心满意足了……就
算仅仅是参与了电影制作环节的细枝末节，我已经觉得很高
兴了……

学校里有一栋大楼集合了许多社团办公室，我们称之为
共享大楼。是吗？老师上的那所大学也是这样吗？电影研究
会的社办在大楼一个积了厚厚灰尘的角落，房间很逼仄，各

1 　一种综合性的校园文化盛会，每年日本的中小学校和大学都会举
　　办学园祭，包括美食节、展览、才艺表演等环节，均对外开放。

种各样的东西把办公室弄得乱糟糟的。里面的陈设最主要是电视机和录像机，录像带在房间两侧被堆放得高高的。角落里有一张破了皮的沙发，研究会的成员经常躺在上边，而且常常有烟灰掉在上面，坐下去的时候可千万要小心。而那里就是我们制作电影的据点。

我来谈谈电影是怎么制作的吧！一般的商业电影都是用胶卷拍成的，以前我们自制电影也一直是用胶卷的，但近年用数字摄影机拍摄的情况越来越普遍了。我们电影研究会也开始用数字设备，但以前好像都是用八毫米胶卷的，所以在社办的架子深处，还放着以前留下来的银幕和电影放映机。

我发现那个包裹纯属偶然。那天下着雨，社办窗外是一片灰暗的风景。

那时，房里只有我一个人。我坐在沙发上，一边听着雨声，一边看电影杂志。当我站起来想去泡一杯红茶的时候，杂志掉到了沙发后面。

沙发后面是墙壁，杂志刚好掉进了沙发和墙壁之间的缝隙里。为了捡起那本杂志，我把沙发往外移动了一些。我力气小，只移动出刚好可以伸进一只手的距离，就没有力气了。我往墙壁和沙发间的缝隙里看，杂志就躺在灰尘中，而旁边还有一个小小的包裹……

我疑惑地捡起那个小包裹，发现茶色的信封袋被胶带捆得紧紧的。不知道是谁把它放在沙发下面之后就忘记了，或是谁藏在那里的。上面没有写名字，也看不出里面装的是什么东西。

我觉得私自打开不太好，就把它放在桌上不管，然后又开始看起电影杂志来……然而不知为什么，我的脑袋里全是那个包裹，杂志的内容一点也看不进去……

我觉得好像有人在叫我的名字，用一种轻轻的、小到几乎听不见的声音……于是我终于撕开胶带，打开了包裹……

房里只有雨声，我清楚地记得那时窗外一片昏暗，开着灯的房间显得更为光亮。

包裹里是一个银色的圆盘形盒子，直径约十五厘米，里面装着一卷冲印好的八毫米电影胶卷。当我看见它的时候，不知道为什么我……不……我无法用语言准确地描述。应该说我突然感到一阵寒意，或者说我觉得背上有一阵冷风吹过……好像有什么人从我身边经过一样……

我叫的红茶已经送来了呀！我只顾说话却没有察觉……对不起，我话讲到一半。是的，重要的是我把那卷胶卷怎样了。

那么，我究竟应该怎么做才好呢？是不是应该重新把它放回沙发下面呢？

我感觉拿着胶卷的手心渗出了汗，然而从手心到指尖却冷得像结了冰一样……

我不知所措，却很想知道胶卷里拍摄的是什么。不……可能是好奇心使然吧，就好像有另一个人在支配着我的手脚一样……

我搬出银幕和电影放映机，摆在沙发对面的位置上。之前研究会的学长教过我使用机器的方法，接下来我只要安装好胶卷，让室内的光线暗下来就行了。拉上窗帘后，雨声变小了。打开放映机的电源，关掉房间的灯，胶卷便开始转动了。

黑暗房间的半空中出现了一道白色光柱，可以清楚地看见空气中飘浮着无数尘埃。咔嗒咔嗒咔嗒……机器里传来马达转动胶卷的声音。不一会儿，灰暗的银幕一下子变白了，胶卷上的内容开始出现在银幕上。这种胶卷是不能同时记录声音的，所以我只能看到银幕上的无声电影。

我得到的结论是，胶卷里记录的是研究会成员自拍的电影。最先出现的是一个大学生模样的男孩坐在长椅上的画面，画面整体显得比较模糊，只有中央部分比较明亮，周围四个角的地方都很昏暗，胶卷上的划痕不时在银幕上一闪而过。

电影还没有被剪辑过，上面连续拍摄了各种各样的镜头，因此画面切换得非常频繁。银幕上出现了许多行人在街上行走的镜头，画面持续了几秒后，变成了公园里鸽子的特写，然后是一男一女对视的镜头，可能演的是一对情侣吧！可是对视没持续多久，两人都忍不住笑了起来，接下来就是重拍的镜头。

我坐在沙发上看着电影。因为里面出现了大学校舍的画面，所以我想应该是研究会的前辈们制作的。咔嗒咔嗒，胶卷转动的声音持续了五分钟左右之后……

画面从一条两旁满是枯树的道路，切换到从正面拍摄的隧道入口处。路上没有车辆，两旁杂草丛生，一个半圆形的黑洞位于画面中央，隧道里是黑漆漆的一片。这时，一个男演员从镜头前出现在画面上，朝隧道里走去。

接下来的一瞬间，画面切换了，演员的背部差不多占据了整个画面。镜头几乎是贴在演员的背上的，演员开始往隧道那头慢慢走远。

可能是因为使用了照明设备，在黑暗的隧道中也能看清演员的背部，还可以远远地看见隧道的出口呈现出一个小小的白色半圆形。演员慢慢朝出口走去。就是这个镜头出现了古怪的地方……

随着演员向出口走去，占据整个画面的背部开始缩小，因此画面的其他部分又再度出现。虽然隧道是黑漆漆的一片，黑暗中却站着一个少女……

少女站在画面的右方，填满了演员和画面边缘之间的空隙。她背对着镜头，只有一点点向左侧，基本上只能看见她的后脑勺，她头发约长到肩膀，穿着制服。不，她在画面上的影像没有这么大，但可以看见全身，画面上下都还有空隙。她没有穿鞋……是的，虽然只能看见白白的脚跟，但她的确是光着脚站在那里。

她的背影给人一种茫然的感觉……就像从医院病床的被窝里悄悄溜出来的患者一样，给人孤孤单单、无依无靠的感觉。她站在那里一动不动，只是默默地背对着镜头……

太奇怪了，在此之前的画面上都没有出现过那个少女，她明显不是电影中的人物，而且也找不到她站在那里的理由……就好像是什么地方弄错了才被拍下来似的。可是那个男演员好像没有注意到少女的存在，从她身旁经过，走向隧道出口。电影到这里就结束了。

我觉得实在太奇怪了，于是决定倒回去再看一遍。我先把播放中的电影停止，将胶卷倒回了一些，然后再开始播放，这次画面是从男演员走进隧道的镜头开始的。

这时，有人打开研究会的门走了进来。是学长，他是电影研究会的头头。见我关了房间的灯，还搬出电影放映机，他吓了一跳。他看了看银幕，想确定我看的是什么。那时，男演员刚刚进入隧道里。

喂，这个电影……学长这么说的时候，画面切换到隧道内的镜头。

学长突然移动身子，把手伸向桌上的放映机。

隧道里面……占据整个画面的演员背部……渐渐向远处移动，露出了隧道里的样子……我仍然坐在沙发上，视线越过学长的身体落在银幕上。

我仍然看见了……站在画面边缘的少女背影……

突然，房间里一片漆黑，学长关掉了放映机，但他立即开了灯，让房间恢复明亮。在那短短一瞬间的黑暗中，我重新回忆刚刚看到的景象。

我几乎站不起来，觉得全身都在冒汗，却又冷得打寒战……

　　老师……请你千万别笑我啊……你一定要相信我所看到的……在学长关掉放映机前的那一瞬间，我看到银幕上少女的背影……比第一次看到的时候稍微向左转了一些……

　　是的，我知道按常理是不可能的……可是我的确看见了……请你相信我……第一次根本看不见绣在制服袖子上的校徽，第二次却看见了……

　　是，是的……那个少女朝看着银幕的我的这个方向转了过来……

2

老师的老家是在这一带吗？对不起，这样问你可能太唐突了，不过这和我遇到的事情有一点点关系……

不，我不是本地人，我是因为上大学才搬到这里的。老家在靠北一些的地方，坐新干线大概两个小时。是啊，离开家的时候，心里很雀跃，但又觉得悲伤。我以前从来没有想过离开父母，自己一个人生活……

离别是最让人心痛的……老师也有这样的经验吗？啊，是吗？念小学时住在附近的朋友搬走了啊！你们的感情很好吗？你们两人还骑同一辆自行车，到街上的旧电影院看电影呀……啊，就是那家电影院……去年被拆掉了吧！两个人骑一辆自行车的感觉真好，好棒哦！那个朋友搬走的时候，你心里一定很不好受吧！什么？两人骑自行车的时候，你的朋友摔成了复杂性骨折？……要动手术装骨板啊……这样说起来，那到底算是美好的回忆，还是痛苦的回忆呢？真是很难说啊……

我之所以要问老师的老家在哪里，是因为我不知道是否有必要向你解释那个隧道。既然你就是在这里出生的，说起来就方便多了。电影里的那个隧道位于两县交界的地方，沿国道向东走，就会穿过那个隧道……

对，没错，就是那个隧道。四周全是被枯草覆盖的荒山野岭，没有人家，到了晚上没有一点灯光，黑漆漆的一片。你知道吗？……七年前的八月，在那个隧道里发现了一具尸体……

据说尸体被损毁得十分严重，无法辨别死者的身份，唯一可以确定的是，那是一名未成年少女。死者被拔掉了全部牙齿，还被焚烧过。凶手拔掉死者的牙齿，可能是为了防止死者身份会因齿型而暴露，被焚烧而炭化的尸体还被切成很多块，扔进了隧道内的排水沟，上面压了几块大石头……真是太残忍了……据说尸体还有一部分始终没有找到……

听说发现尸体的人是一个醉汉。他走在隧道里的时候，看见排水沟里的几块大石头之间露出没烧完的头发……他觉得很奇怪，就搬开石头看了……

不是……那个……我实在不适合讲这种事情……我觉得很难受……太残忍了……是吗？你也在报纸上看过那个案件的报道吗？是啊，当时电视台也报道了这宗惨案。

我在看那部电影前，对这件事一无所知。那天看了胶卷之后，在恢复了明亮的社办里，我询问学长那卷胶卷的事情。这部电影到底是怎么回事？我自己都感觉到我的声音在颤抖……学长虽然没有亲眼看过那卷胶卷，但他知道那部电影的事情。

据他说，那卷胶卷被封起来以后就不知去向。那是他的学长们拍摄的，还留下了关于这件事的详细笔记。

请稍等一下，我把那份笔记带来了，在我的包包里……就是这个笔记本，虽然封面已经旧得起了皱褶，但内容还是可以看得清清楚楚的。这就是当时的摄影日志，我从学长那里借来的。好的，请你拿去看吧！只要看完还给我就行了。关于影片和当时拍摄的情况，只要看了笔记，你就会大致明白的。

不过，我还是简单地说明一下吧！影片大约是五年前拍摄的,当时有人提议到那个位于县界的隧道去取景。从笔记来看,当时的摄影成员认为到曾经出过事的隧道拍摄很有趣,于是就带着半玩耍的心情到那里去了。但是胶卷冲出来之后,大家发现影片里多了一名少女……

谁也不知道那名少女是谁。拍摄的时候,如果有其他人在隧道里的话,他们应该会注意到,但是当时谁也没有察觉到少女的存在……

学长们觉得事情十分奇怪,于是就反复看了几遍自拍的影片,结果……

据说,少女最初是完全背对着镜头的,可是第二次看的时候,少女稍稍转过身来,第三次看的时候,就转得更多了……

惊恐得不知所措的电影研究会成员最后用胶带把胶卷封了起来,藏到一个谁也不知道的地方。如果再继续看下去的话,少女最终会面向镜头……他们认为最好在事情发展到那个地步之前,不再让任何人看那部影片。

而我却发现了这卷被藏起来的胶卷,并把它装到了放映机上……

你知道我看完影片后的那个星期是怎么过的吗?

我真的非常害怕……刚看过影片后,我的膝盖一直不停地颤抖。我看见学长一边注意着我的神情，一边把胶卷放回原来的盒子里，藏到架子的最里面。他拿胶卷的时候就像害怕被病菌感染一样，充满了恐惧……

你最好把它忘掉……学长是这样说的。他关掉电源的时候，将注意力都集中在放映机上，尽力克制自己不看银幕。但从他的样子看，他应该知道我看到了什么。我默默地点了点头。可是自那天以后，少女的背影就像烙在我眼睛内侧一样，挥之不去。

那个茫然的背影……不知道她到底是怎样的表情……但我觉得从她的背影看到了她的困惑不解。是的，她凝视着隧道深处，一定是不断思考着自己为什么会死掉……为什么自己会在这里呢？……我看见她侧着头，好像陷入沉思之中……

一个人在房间里的时候，就算到了晚上，我也不敢关灯，总觉得背后好像有人。我经常回过头去看。当然，其实根本没有人……洗脸的时候，也觉得镜子里映着那个少女。整天战战兢兢的，在旁人看来，我就像一头受惊的小动物。

此外，我不知为什么，总是对那个少女无法释怀。一想起她的背影，我的胸口就有一种轻微的压迫感，心情变得十分忧伤，即使是晴朗的天气，也觉得像下雨……

无论是在公寓里，还是在学校里上课时，我的脑海里总会浮现少女的背影。我很害怕，很想逃离那背影的纠缠，但又力不从心，无法自拔……

啊，真对不起，我只顾自己发呆了。只要想到那个背影，就算有别人在眼前，我也会这样的。真对不起……哎呀！怎么办，店里的人正看着我们这边呢……周围的人可能以为是老师把我弄哭了吧……对不起，到现在，我还是常常……觉得很痛苦……可是又无法忘记……所以我才强忍着恐惧，决定调查她的事情……

我深信胶卷中的少女就是那个身份不明、被处理掉尸首的死者。我搜集了一些关于那件案子的资料，可是没有斩获，所谓搜集资料也不过是找出当时的报纸复印一下而已。知道我在调查那件事情后，学长看我的眼神就像看怪物一样，他似乎对我想知道那名少女的事情感到奇怪。

我从学长那里打听到当时拍摄电影的成员的联系方式。最初他不愿意透露，但最终还是告诉了我，他口里还念叨着"我可不管会发生什么事哦"。

当时，只有四个人参与拍摄了那段影片，导演、摄影、灯光和一名演员……都是男生。我打电话给他们每个人。不，他们现在都在普通的公司上班，和电影没有关系。

我在电话里告诉他们，我是大学电影研究会的成员时，他们都变得很紧张。虽然看不见表情，但我能感觉到，我几乎可以听见他们倒吸了一口气再握紧话筒的声音。也许他们早已在冥冥之中预料到有一天，会出现一个像我这样的人来找他们……

我表明意图后，当时负责灯光的人和演员都拒绝和我谈话，还挂断了电话。他们都结了婚，建立了普通的家庭。因为结婚后姓名改变，所以有的接电话的是妻子，有的可以从听筒里听见屋里小孩的笑声。我想他们一定都很想忘掉影片里的那个少女……当时担任导演的那位学长却认真地回答了我的疑问，刚才我给你的那本笔记就是他记录的。因为我并不知道自己应该问些什么，所以我虽然提了一些问题，但也不过是询问了一下拍摄现场当时的具体情况，并确认摄影日志中的一些记录信息。

那位导演学长用一种十分抱歉的、好像自己必须对重大罪行负责似的语气告诉我，当时隧道里根本就没有少女……

摄影师也答应跟我谈谈，不过他讲的几乎和导演所说的一样，我没有新发现。摄影师拍摄那个镜头时和其他人不一样，他是通过摄影机的镜头观看外界的。那时候，他是否看到了那个少女呢？我很关心这个问题。

但他的回答是根本没有看见，他像平常一样拍摄，然后把胶卷拿去冲洗。一周后把冲洗好的胶卷取回来放映时，少女出现了……他是这么说的。

我自己也搞不太清楚，不过据他说，少女背上的灯光很奇怪。摄影时准备的照明器材只够照亮男演员的背部，而站在稍远地方的少女背部，却在黑暗中显得那么光亮……

对了，在挂断电话之前，他还提到飞车党。刚才的笔记本上也贴有相关报道，是从报纸上剪下来的。七年前在发现少女尸体的时候，隧道一带常有飞车党出没……是啊，如果是那样的话，真是让人难受……

愿意和我谈话的两位学长自从看了那段影片以来，也在搜集那个案子的资料。看到少女一点点地转过身来，他们虽然因为恐惧而将胶卷封存起来，却没有把它烧毁……我询问原因，他们两人都语带悲痛地回答我，因为他们觉得死去的少女进入电影，像在沉默地控诉着什么，所以不忍心把它丢掉……

他们两人说，直到现在，只要闭上眼睛，还是能够回忆起那个默默伫立的少女的背影，像背对着自己哭泣……两人在结束谈话时都对我说，如果少女的事情有新的进展，希望我再和他们联系。

我有这样的感觉，学长们如果没有在五年前拍摄那段影片的话，或许现在的人生会大不相同。因为一般人不会在身处气氛愉快的地方时，突然悲伤起来……但那些学长这些年来可能都是在这种情况下生活的……

挂断电话以后，我不知道该怎么办。学长的话也好，案件的新闻报道也好，都无法向我提供更多重要的资料，我实在不知道应该怎么调查下去了。但在放弃的同时，我也感到轻松了许多，因为我觉得我已经尽力了，可以不用再管这件事了。

但是，事情到这里还没有结束，因为那时我突然想起一条线索。第二次看那段影片时，我记得好像看见少女制服的袖子上有一个校徽标志。对，没错，正是因为她想转过身，我才看见了那个校徽。我想，通过校徽也许能知道少女就读的学校。

可惜，当时我看得并不是那么仔细，没有记住校徽的特征……为了确认校徽，我必须第三次放映那段影片，重新仔细地观察一遍……

我犹豫了，我害怕陷得更深……我觉得自己好像被那名少女拉着手，引向一个黑暗的世界……

我觉得没有什么比那个少女转过身来更让人恐惧的了……随着一次又一次放映，少女的后脑勺慢慢地向右移动，她的左耳和左边的脸颊渐渐露了出来。过不了多久，她就会完完全全转过身来……到那时候，我到底会看到怎样的一张脸呢？……会是瞪大了眼睛，半张着嘴，一脸茫然的表情呢？……还是一张因痛苦而扭曲的脸呢？……我真的不想看到她的脸……

但我的心里有一个声音告诉我，不可以逃避……虽然那声音非常微弱……而且我想，如果只是再看一两回的话，她大概还不会完全转过身来……所以，我心惊胆战地决定再看一遍那段影片。

是的……到目前为止，我一共看了三遍。那是第一次看影片后的第十天，离现在大概一个月。我安装好银幕和放映机，锁上社办的门，不让任何人进来，然后从架子深处取出学长放在里面的电影胶卷。

将胶卷装进放映机的时候，我全身起了鸡皮疙瘩，皮肤上的汗毛都竖了起来。关了灯之后,我从最前面开始放映。银幕上出现了演员愉快的表情,耳旁只听见胶卷转动时发出的咔嗒咔嗒声。

一开始,我是坐在沙发上的,可是随着隧道的镜头接近,我像受到一股力量牵引似的站了起来,一点点地向银幕靠近,最后为了不挡住放映机投射的光线,我靠边站着。没多久,半圆形的隧道入口出现在银幕上,我和银幕靠得很近,感觉就像在跟着那个演员走进隧道一样。

老师。

我……之后发生的事,不知道该怎么跟你说才好。我不知道怎样向你叙述那种不可思议的现象……自从第三次看了那段影片以来,我的脑袋就变得一团糟……

两年前,我还在老家附近的一所高中上学。一天傍晚,我一个人在教室里从窗户向外望。教室在三楼,我从上往下看的时候,下方有几个女学生正在走路,她们看起来就像一些小小的颗粒。

我听得见她们的说笑声……那时,我正为自己的人生感到烦恼和迷惘……我想,从这里跳下去就可以一了百了……

于是,我的一只脚踏上了窗台……

可是犹豫了一阵子后，我还是离开了窗户，并且在桌上放着的升学志愿调查表上，填上了现在这所大学的名字，决定从今以后要变得积极……在那一瞬间，我下了这样的决心……对不起，我讲了一些无聊的事情……还是回到电影上吧……

镜头切换，银幕上出现了男演员占据整个画面的背部……他的背影越来越远，越变越小。画面边缘的黑暗处，少女仍然光着脚站在那里，双手无力地下垂着，没有力气的手指微微地张开。披着黑发的后脑勺几乎和周围的黑暗融为一体，只有制服的白色十分显眼。她的背影纤细苗条，肩膀无力地垂下。她已经一个人在那里待了很久……我有这种感觉……

和第二次看的时候相比，她又向左转了一些，差一点就能看见她的侧脸了……白色的脸颊已经从齐肩的头发和左耳的阴影缝隙中透出来，这在以前是看不见的。

还有那制服袖子上的校徽……虽然她的背影不是很大，但是我近距离观察银幕，终于看清了那个模糊校徽的形状和颜色。而且，她转身的角度已足以让我看到之前一直被肩膀遮住的胸前领巾……

老师……我不敢相信自己看到的，也不知道那意味着什么。如果我没有第三次看那部影片而是中途打住的话，或许我是幸福的。

我现在，为什么会在这里……老师你又为什么会在这里呢？……

如果说这世上存在着我们看不见的意志力……如果说她……有一种死后都无法消失的强烈眷恋，而那强大的意志力又牵引着我的话……

影片中的她所穿的制服，和两年前我站在教室窗边时所穿的是一样的……相似的制服到处都是，可是，我的直觉让我深信不疑……是的，你说得对，她曾经和我在同一所高中上学。

3

老师，你不要紧吧？从刚才开始，你的脸色好像就有些不对……你的手怎么在发抖呀？……还冒出这么多汗……刚才，你不是说冷气太强了吗？

好的，我知道了，那么我就继续说下去。

于是，我请了假回老家，也许到那里可以打听到少女的身世。一想到这一点，我就无法平静下来听课了。那是一个月以前的事情，那次回家……就好像发生在很久、很久以前一样……

坐在新干线上，我离北方的故乡越来越近，心情也渐渐变得不安起来。我很害怕……我真的很想忘掉一切……因为，怎么会在离老家那么远的地方，又这么偶然地……

我曾经以为，我选择离开家到现在的大学念书，以及后来参加电影研究会，都是出于自己的意志。然而，事实也许并非如此……我可能从两年前开始就被她牵着鼻子走了……

这太可怕了……到底有什么东西可以证明我以前的选择都是出于自己的意志呢？……我觉得自己好像快要消失了，我害怕极了……

到了家乡的车站，我提着行李出了检票口。天空阴沉沉的，虽然时值初夏，我却觉得凉飕飕的。我事先没有和家里联系就跑回来，所以母亲见了我非常吃惊，但还是很高兴地欢迎我回家……

可是，他们很快就感觉到我的样子不太对劲，问我是不是在大学里发生了什么事情。我怎么能让父母为我担心，便笑着告诉他们什么事也没有，然后就去了一趟以前的高中。我从家里出发，很快就能到学校。

那个少女也曾念过的学校……时隔两年，我又回到了以前的学校。我一边穿过校门，一边想，那个电影里的少女也曾和我一样走在这条路上吧！那时已是傍晚，很多放学回家的学生从我身旁经过。女学生们穿着的制服是我曾经穿过的，也是电影中的少女所穿着的。

两年前，我还在这所学校的时候，说不定就已经被她缠上了……我那时放弃自杀、重新确立自己的生活方式，也许根本不是出于自己的意志……我一边走，一边想。

我一方面对自己深感不安，另一方面却又不知为何总想知道那个少女的事情。你不觉得很不可思议吗？我……我……自从看了那部电影之后，常常做同一个梦，梦见自己被人杀死，扔进隧道的排水沟里，还在上面压了好几块大石头。我在梦里经历了她曾经的遭遇。太可怕了……太残忍了，为什么……凶手好像根本没有把她当作一个人来对待……我觉得新闻报道中的她就是我自己……

她希望人们可以找到她……我有这样一种强烈的感觉。她不希望自己只是一具被飞车党杀害、身份不明的尸首，而是一个曾经活着的人……我想弄清她的身份，让她重新成为一个有身份的人，让她被亲友悼念……

走进教学大楼后，我一边走向办公室，一边想着要是事先打个电话就好了，我有点担心突然造访会吃闭门羹。这时，正好有位曾教过我的老师从眼前走过，是 H 老师——一位上了年纪的男老师。他似乎还记得我，我一叫他，他就吃惊地喊出了我的名字。

我是属于那种不怎么能和老师说话的人。同学们亲密地跟老师打招呼的时候，我只是在一旁远远地看着……不过，H老师是到目前为止唯一和我关系不错的老师。他虽然不爱讲话，不怎么引人注目，但为人和善，脸上常带着温暖的微笑。他是历史老师，在那所高中已经教了三十五年学，大家背地里都戏称他"老头子"。但我喜欢这位老师，也常常受到他的照顾。

H老师好像刚上完课，所以可以和我聊天。我们就站在走廊的角落里闲聊。我先简短地聊了一下近况，然后问他知不知道七年前有一名本校女生失踪的事情。

老师对我的问题有些不知所措，但他还是回答我了。他说近十年来突然失踪的男女学生一共有五人，这些学生几乎都是平常在生活态度上有问题的孩子。

但是，其中有一个女孩子是非常严谨认真的。H老师对那个女生还有一些印象，课堂上即使别人都没有听老师讲课，她也会认真地做笔记。

那女孩失踪的时间是七年前的七月七日，当时还有一个星期，学校就要放暑假了……那正是少女的尸体在隧道里被发现的那一年。

我一个劲儿地问了很多关于那个女孩的问题，叫什么名字……住在什么地方……

老师对我的反应感到很惊讶。在一般情况下，这些数据是不能随便透露给外人的，对吧？H老师也许感觉到我在做一件很重要的事，所以他告诉了我那个女孩的名字和住址。

电影中那个女孩的身份之谜，在那个时候解开了……

少女的家离我家不远，从我家附近那个车站坐电车的话，二十分钟左右就能到达。

那是一栋独栋的小型西式房屋。之前我并没有考虑过知道少女家的住址后该怎么办，对于和她的家人见面，我感到非常不安。老实说，我根本没有想到可以这么快弄清楚少女的身份，所以觉得迷惘而不知所措……

可是我又觉得，无论如何都必须去她家一趟……在我的心灵深处，觉得那就是我的使命……和H老师道别后，我决定立刻去她家。

在造访之前，我事先通过H老师告诉我的电话号码与她的家人取得联系。一位可能是少女母亲的人接了电话，我当时非常紧张地与她对话。

我现在可以去拜访吗？我想和你谈谈关于你女儿失踪的事情。我毫不隐瞒地告知了对方我造访的目的，本以为很可能遭到拒绝，但是少女的母亲沉默了一会儿后，十分客气地答应了我的要求。

按响了门铃之后，在等待开门的时候，我抬头望着二楼的阳台。天气阴沉沉的，好像立即就要下雨似的，灰色云层下面，二楼窗户的窗帘拉得严严实实。窗帘是以樱花色的条纹花布制成的，显示那是个女孩子的房间，我觉得那就是少女的房间。

玄关的门被打开了，开门的是个漂亮的女人，她是少女的母亲。她脸上化了妆，衣着考究，是一种在大公司上班的妇女形象。

事实也的确如此。她和丈夫离了婚，现在在朋友的公司工作，目前和儿子两人一起生活，她儿子就是少女的弟弟。我进到屋内，一边喝茶，一边与她谈话。

很奇怪吧！对于我这样一个素不相识的陌生人突然提出造访，她不但没有拒绝，还让我进入家里……我觉得很奇怪，就问她为什么愿意和一个素未谋面的人闲聊。

少女的母亲说，我打电话的那天早上，她梦见了女儿……她在梦中听见电话铃响，拿起话筒一听，里面传来了七年前失踪的女儿的声音，说马上就会回来……

可是，现实中出现的并不是失踪的女儿，而是从来没有见过面的我，所以少女的母亲问了我很多问题。我是谁？住在什么地方？为什么会关心她女儿的事情？……关于我自己的问题，我都尽量回答了，至于我是如何知道少女的事情，又为什么要进行调查，我则没有详细说明……

电影的事和身份不明的尸体一事，我都没有提及。那卷八毫米电影胶卷我也没有带，留在研究会的房间里。要是那时我带着胶卷的话，说不定会让她确认一下电影里的少女是不是她女儿……

总之，我对少女的母亲总是避重就轻……当时，我也觉得很为难……看见我那样子，少女的母亲一脸不安地说，如果知道那孩子的下落，请我一定要告诉她……

我觉得很不公平……我自己什么都不肯说，却一直要求对方回答……

我问她，在七年前的七夕——少女失踪那天，有没有察觉到女儿有什么反常的地方。少女的母亲盯着自己放在桌上的手，回忆了当年的情况。

七年前那时候，少女的父母正在闹离婚。他们是在念高中的时候认识的，交往不久就有了孩子，于是就奉子成婚了。

可是后来，各种问题开始浮现……当时，少女对于父母离婚后要跟谁一起过这个问题，感到很烦恼……

如果跟着父亲的话，就必须搬回父亲的老家去，也就不得不转学。母亲认为那样会给女儿造成负担，所以主张女儿跟自己一起过。

听少女的母亲说，少女的父亲是一个认真而严厉的人。他对自己的要求也很严厉，很能控制自己的言行，在家里从来不和妻子吵架，特别是有孩子在场的时候。他不想给孩子带来负面影响，所以装作与妻子的关系很好。

可是，少女还是感觉到了吧！她为此感到苦恼……那正是多愁善感的年龄……内心充满矛盾和不安也毫不稀奇……

七年前的七夕是个星期天，少女和朋友去了百货公司、植物园，一直玩到快中午。然后到车站前的时候，她说还有事，就和朋友分开了……从此以后，她就再也没有出现过。

那天晚上，母亲一个人在家等着少女回来。少女的父亲几天前回老家，预定星期一以后才回来。母亲说他非常担心女儿，星期一早上就开车回家，进门第一句话就问女儿找到了没有……

当时上小学的弟弟也去了朋友家玩，晚上住在朋友家里。

由于那天是七夕，他还在朋友家放烟火，在细竹上挂上小纸条。接下来的一周内，他都不知道为什么没有看见姐姐……

大概一个月后，也就是八月中旬，隧道内发现了身份不明的尸体，但是因为无法辨明身份，所以谁都没有把这件事和少女的失踪联系在一起……她的母亲甚至好像还不知道有这起案件发生。

虽然少女失踪与隧道内发现尸体之间有一个月的时间，但少女应该不是被监禁在什么地方吧！我想只是尸体被藏在隧道里，一直没有被发现而已，所以少女很有可能是在和朋友分开后不久就遭到杀害，并被弃尸于隧道内的。

我、我不太愿意去想这样的事情，什么尸体啊、弃尸的……好像少女不是一个人，而是一个符号……我觉得很难受……

我还看了少女曾经住过的那个二楼的房间……我很想看看她的房间，所以就拜托她母亲让我进去看看……

老师……也许你会认为我说的不是事实……我……进到她家以后，就一直有种强烈的感觉，必须到她二楼的房间去……到底为什么呢？我自己也不清楚……

就好像有个看不见的人抓住我的手腕往那个方向拉一

样……不，当然并不是真真切切地感到有人抓住我的手……对不起，就当我什么也没说……

她的房间是一个普通女孩子的房间。窗边摆着小小的狗狗装饰品，书架上排列着小说、CD……就像从七年前就保持原样到现在。

我觉得很难过，因为她并不是从一开始就失去了生命，躲在电影里的她曾经活着……这本来就是理所当然的事情，但当我看完那个房间后却真实地感受到了。

房间里有她穿着高中制服的照片。对，没错，那是我第一次看到少女的脸，她长得很像她母亲，非常漂亮……房间里还摆着其他各种照片，我看得不是很仔细，里面还有她与家人一起照的全家福……也有她小时候的照片，她和一个孩子搭着肩膀，笑得很开心，那应该是她的好朋友吧……是，对，是的……其中还有她和父亲一起拍的照片……但是脸照得太小，看不太清楚……

少女的母亲一边小心翼翼地一个一个抚摩着房间里的东西，一边向我叙述七年前七夕那天晚上的事情。由于女儿一直没有回来，焦急的母亲给她的同学打了电话。很久以前曾有一次，女儿临时决定住在同学家，却忘了打电话告诉妈妈，回家后被父亲狠狠地训斥了一顿。但是那天晚上，少女并不在同学家里……

母亲渐渐觉得事情不妙，她开始想，女儿会不会跑到父亲的老家，会不会是想跟父亲一起生活而又不敢对自己说……

于是，她打了电话到少女父亲的老家那边确认。当时，父亲的老家那边有祖父、祖母，接电话的是祖母，但她告诉少女的母亲，孙女没有去过……

我一边听着少女母亲的描述，一边看着少女的书架。最初只是不经意地看着……后来我发现了一样东西……那是电影的宣传手册……征得少女母亲的同意后，我把它从书架上抽了出来，那是我喜欢的一部法国电影的宣传手册……

眼泪突然夺眶而出，我哭了起来……我家里也有同样的宣传品，我也是这样放在书架上……原来她也喜欢这部电影，这么一想，我便感觉到我们之间的友情……我打心底里为她的死难过了好一阵子，她的母亲在一旁不知所措地看着我……

我借用了一下洗手间，洗了脸。在我决定告辞离开她家的时候，突然听到背后有人叫我——姐姐……大门那边传来一个男生的声音。我转过头一看，门口站着一个看来比我小几岁的男孩，我立刻意识到他就是少女的弟弟。他个子长得很高，听说已经上大学了。

当他发现自己认错人以后，不好意思地搔了搔头。他说他看见门口的鞋子很像姐姐以前穿的那双，以为是姐姐回来了。

在门口低头行过礼后，我离开了少女的家。我离少女思慕的家越来越远，心里祈祷着，希望他们母子俩今后能幸福地生活下去……

接着，我立刻搭上新干线，晚上就回到了自己的公寓。和去的时候一样，回来时，我的脑子里还是一直想着少女的事情。这就是一个月前回老家的事情。

是的……现在我能说的基本上已经说完了……对不起，老师，我讲得太长了，外面的天已经暗了。

……………

你说那卷胶卷之后打算怎么处理是吗？我打算找时间交给警察……老师，你为什么这么着急呢？……是这样啊，因为身为作家，所以无法保持平静的态度，是吧？是的，你的心情我能了解。

对了，现在去学校的电影研究会的话，应该可以看到……好吧，既然老师这么讲了……

说实话，我本来也打算请老师去看看的，因为其实这件事我还没有讲完。

是的，基本上讲完了，但还有一点点没有说。那天，我回到公寓以后，注意到一件很奇怪的事情。好的，这个就等到了电影研究会的社办再说吧……我没有说完的，就是少女到底是被谁杀害的……

4

请进，这里就是电影研究会的社办。不好意思，这里很乱，我先整理一下。真是的……我应该事先把这里打扫一下……其他人今天都不在，这正合我意。现在研究会的成员中，只有我和那个学长两人知道胶卷的事。我不想让太多人知道这件事而引起骚动。

老师，请你坐在沙发上，留意上头的烟灰。对，没错，胶卷就是在沙发下面被发现的。

老师，你怎么了？从刚才开始，你的脸色就不太好。

只是身体有些不舒服？……是因为我没有把话说完，让你觉得有些不舒服，是吧？都怪我……刚才在路上要是边走边说就好了。可是，我实在很想让你一边观看影片，一边听我说。我的想法是有些奇怪，真对不起……

这就是放映机，把它放在这个位置……请帮我把它往前挪一点，谢谢……

你本来可以骑自行车先到学校来的，让你陪我一起走了这么长的路，真不好意思。推着自行车走路一定很累吧！

胶卷就在这个架子里面……找到了……就是这个……对……在这个圆形的盒子里……装着那卷拍下了少女的胶卷。直到现在，我把它拿在手里的时候……还是觉得这个盒子十分冰冷，像拿着冰块一样……那么，我现在就把它打开。

这个就是胶卷，比想象的要细吧！我现在把它装到放映机里去。

…………

老师，你的脸色……还有你的额头在冒汗……你怎么了？……

我的脸色也不好吗？是啊，我觉得喘不过气来……每次放映这个胶卷的时候，我都会这样，心情很沉重、很难受。

老师，真是非常感谢你，一直听我不停地说，还替我付了红茶的钱……我以前从来没有像今天这样深刻地思考过命运。我有些啰唆吗？是啊，这句话我今天说了很多次吧！

　　我走进咖啡店的时候就知道，少女的意思一定就是这样的。是的，被杀的她还在留恋的应该就只有这个了……哎呀，老师，你没事吧？你的脸色……

　　是啊，我刚才净说些莫名其妙的话，现在胶卷已经装好了，我就开始说吧！在此之前，我得先让房间暗下来才行……天已经黑了，只要把灯关掉就行了。

　　少女出现的部分在最后，但是今天好不容易来了，就从最前面开始看吧！从开始到隧道的镜头出现约有五分钟的时间。利用这段时间，我就聊聊我从少女家回到自己的公寓后所思考的事情吧！

　　其实，我想到的也不是什么很特别的事。虽然让老师感到有些焦急，但你听了以后一定会大吃一惊的……不，那倒不是。就我刚刚说的这些事情来看，是无法肯定凶手是谁的……

　　好了，请你看银幕吧！现在开始了。现在正在说话的两个人是五年前的电影研究会成员。八毫米胶卷放出来的影像很有气氛吧……录像带的影像可以真实地表现出现实，而电影胶卷的影像总有些朦胧，带着梦幻色彩……

　　回到少女的话题，我那天回想少女母亲的话，觉得有件事很奇怪。

少女失踪那天是星期天，她中午之前和朋友一起到处玩⋯⋯

老师，你不觉得奇怪吗？⋯⋯你想不出来吗？要是我的话，一定会穿一般的衣服出去玩，而且一定不会穿制服，可是电影中的少女却穿着制服⋯⋯

也许是我想太多了。虽然电影中的她穿着制服，但并不代表她死的时候也穿着制服，也许实际上根本没有任何关系。可是，她在电影中是光着脚的⋯⋯但身子却不是光着的，而是穿着制服，我总觉得这意味着什么⋯⋯

如果我没有注意到这一点的话，那天晚上我可能就不会打电话到少女家了。我很想知道少女死后，她的房间里有没有制服。

接电话的是少女的弟弟，七年前他还是个小学生，不过他仍记得姐姐失踪前一天晚上的情形。他看见姐姐在自己的房间里坐立不安，还往上学的书包里塞了些什么东西。据他说，房间里没有姐姐的制服。

在此之前，我一直以为少女在车站前和朋友分开后，就在附近被某个人绑架了。当然可能不止一个，而是一群凶狠的歹徒⋯⋯然后，她活着的时候或是在被杀死后，被运到那个坐新干线需要两个小时才能到的隧道里……歹徒可能把她塞进后车厢，也可能是用绳子绑紧了，横放在车子后座运去的……

但是听了她弟弟的话以后，我改变了想法。她可能是自己主动离家，坐上新干线的。也许她打算星期天离开，然后星期一再回来，直接去学校……所以她带了制服……装进书包里的可能是上学要用的东西，包括制服……

老师，老师，你不要紧吧？你看起来气色很不好……但是请你仔细看银幕……老师，你一定要把她看清楚……再过一会儿就是隧道口的镜头了……啊，为什么我的心情会这样呢……好难过……这个镜头完了以后……就是隧道口正面的画面……这……就是了……这个半圆形的黑洞就是……这个隧道……现在，那个男演员就要进去了……当他的背影完全消失在黑暗里的时候……

我和少女的母亲谈话的时候，总是漏掉一些重要的线索。我应该注意到当时那一丝不和谐的感觉……少女的母亲是这么说的，她说她丈夫是一个认真而严厉的人……这样的话，父亲星期一回来时，为什么会担心地问女儿找到了没有呢？最初听到这句话的时候，我想，原来她父亲那么关心她呀！

可是，一般情况下会如此吗？女儿不过是一个晚上失去联系、在外头过夜而已。事实上，少女也曾有一次留宿在外而忘了打电话回家的经历。第二天回来以后，他狠狠地教训了女儿一顿。失去联系还不到一天的时间，父亲不是生气地询问女儿"回来"了没有，而是担心地问女儿"找到"了没有……

七年后的今天，母亲和弟弟相信少女还在某个地方活着，但是父亲当时的话在如今的我听来，好像是问："找到"尸体了吗？……

是的，我怀疑她的父亲……

老师……马上就到……先是演员大大的背部……然后向隧道出口移动……变小了……快看……在那里……

老师？你看见她了吧？比上次更转向这边了，可以看见侧脸了……和她房间里放的照片上一样的脸……她垂着眼帘，表情是如此悲伤……

老师，老师，怎么了？你的脸为什么这么苍白？难道，老师……你是……

电影快要结束了，那演员就要消失在隧道出口处了……结束了……老师，老师……我们再看一遍吧！我来倒带。再看一遍的话，少女应该会再转过来一点……到时候，她就能看见老师你了……

嗯，果然没错，从老师现在的表情来看，我想我猜的应该没错。之前我也不敢确定……我进入咖啡店，第一眼看到老师的时候，就在想你会不会是……因为我在少女房间的照片上，看到一张和你很相像的脸……老师，你是少女的……

好了，胶卷倒好了，我们再从隧道正面的镜头开始……

老师……我想问问你的本名，可以吗？

老师，我在电话里听她弟弟说，到她父亲的老家要坐两个小时的新干线……她父亲的老家就在隧道附近……这样一来，杀害少女的凶手是谁就呼之欲出了……少女做好星期一去学校的准备后，乘坐新干线到了父亲的老家。和朋友玩的时候，她应该是把行李寄存在什么地方的吧！她本来应该在星期一早上坐父亲的车回来的。

她也许是把和母亲联系的事交给父亲去办了，估计是觉得对母亲有所愧疚吧！父母离婚后，她想跟着父亲一起生活，但她没法对母亲说出口，于是就背着母亲溜了出来……

…………

啊……她……站在隧道里的黑暗中……老师……看见了吧？……在画面的这一端……她转过身来了，正望着这边……

老师，我在电话里问过了，他们以前曾住过父亲的老家……而她父亲的老家就在这一带……老师你的家也是……

老师，你果真是少女的……

…………

…………

…………

没错……就是你刚才说的这个名字……那就是她的名字。请你……保持冷静。真是可怜啊……老师……你不知道她的死一点也不奇怪，因为现在除了我和你以外，还没有人知道……凶手是为了防止她的身份暴露，才将尸体上的牙齿全部拔掉的。另外，尸体有一部分还没有找到，应该是被凶手带走了，这一定也是为了不让别人发现她的身份。凶手一定是觉得因骨折而装上骨板的部位太显眼了吧……

你知道她七年前不想跟着母亲，而想跟着父亲的原因吗？她一定以为还可以像以前那样在父亲的老家生活。她的房里有一张小时候的照片，照片上，她和一个晒得黑黑的男孩互搂着肩膀摆出"V"的手势……那个男孩长得跟你像极了……我问少女的母亲，那个男孩是谁，她说是搬家前住在父亲老家附近的邻居。

她一定是想见见你……她无法忘记和你一起玩的美好时光……好了，老师，请你仔细地把她看清楚，牢牢记住她的脸……电影马上就要结束了……老师……

5

啊！

你好。你从什么时候开始站在那里的？我只顾着看公交车时刻表，没注意到你来了。不、不，没等多久，我也是刚刚才到。

老师是骑自行车来的吗？一定很辛苦吧！路上有一段很长的爬坡，对吧？我以为你也是坐公交车来的，所以正在察看下一班车什么时候到呢！

那么，我们走吧！从这里走，很快就可以到达那个隧道了……是的，这花是我在路上买的，我能做的也只有这些了。天空放晴了，真是太好了！阴沉沉的天气已经持续太久了。

对了，那卷八毫米胶卷你怎么处理？放在家里保存啊……是的，我觉得这样处理最好，请你一直留在身边吧！把它交给警察或她的家人都已经没有意义了。

我想她从电影里消失了，是因为她见到你了。她一定是自己决定离开的……不过，我希望你至少能保存那卷胶卷。

看到了，是和电影中一模一样的景色。这里的时间好像静止了似的，一切都和七年前一样……走吧，我们进去吧！

虽然是白天，可是隧道里还是很黑，而且有点冷……明明是夏天……还有脚步声的回音呢……

老师，她父亲的老家现在怎么样了？……是吗？五年前被拆掉，盖了别的房子……七年前她父亲离婚回来之前，是祖父、祖母两个人住在那里吧！

…………

看见了。电影中，少女就是站在那个位置的……她的尸体是在那旁边的排水沟里被发现的……

上面还被压了重重的石头。一想起这些，我就觉得难受和愤恨。

据我所知，她父母离婚是因为她母亲红杏出墙。她父亲是一个自制能力很强的人，所以即使愤怒，也没有大吵大闹，但他对妻子的怨恨却不知不觉地转移到女儿身上。

她父母是在高中时认识的，后来随着女儿慢慢长大，她变得越来越像年轻时的母亲。我从她的照片上可以清楚地看见她母亲的影子。她遇害的真相到底是什么，我不得而知，但我猜这就是她遇害的原因……

　　七年前的七月七日，傍晚时分，少女来到了父亲的老家……那时，她应该还穿着普通的衣服……到了之后，她受到父亲和祖父母的热情招待……一家人一起吃晚饭，气氛十分融洽……老家的客厅里有被炉[1]，虽然是夏天，可是拿掉被子后，被炉可以当作桌子用……上面摆满了盛菜的碗碟……后来出于某种原因，她换上了制服，一定是想让祖父母看看自己穿着制服的样子吧！那时，她父亲不在客厅里。她换上制服，来到祖父母面前，转着圈向他们展示自己的身姿，然后她离开客厅，回到祖父母为自己准备的房间。那个房间在一楼，外面有檐廊，她在房间里看见父亲一个人站在漆黑的院子里。那里只能看见父亲的背影，他抱着手臂出神地想着什么事情。少女来到檐廊上，她光着脚，踩在凉凉的地板上。少女出声叫了在庭院里的父亲，听到女儿的叫唤，父亲转过

1　日本家庭常用的取暖用具，也称"暖桌"。通常为一张正方形矮桌，桌面下方放置发热设备，桌上铺有棉被。人们使用时盘坐于桌旁，足部、腿部可以伸进被子里取暖。

头来……那时候……那时候父亲的脸……

父亲把穿制服的女儿当成了年轻时的妻子……于是内心的怨恨突然涌起……

…………

一切都是我的想象。可是老师，我……我的脑海里常常会浮现出一幕幕清晰的场景……无论是她穿着制服让祖父母看的时候，还是被掐着脖子的时候，一连串的情景都好像我亲身经历过一样……

我想那应该不是有计划的谋杀……看着女儿的尸体，父亲也不知所措……他突然想起了女儿并没有把行踪告诉其他人……是的，父亲知道她没有告诉别人。他听女儿说过，因为觉得对不起母亲，她没有把这次旅行告诉任何人……所以，他决定把女儿的尸体藏起来，装作什么也未曾发生过……

老师，你知道吗，在犯罪心理学中，凶手即使杀死了自己的亲人，破坏尸体的例子也是极其少见……我看了一些书，从书上得知的……对，据说那是很少见的……

…………

老师，我明白你的心情，我也和你一样！是啊……真是太愚蠢了，她为什么只因为这一点小事而失去了生命呢？……

这也太过分了！啊——就在这样一条狭窄的排水沟里，她……

她的尸体在这里被发现的时候……是，七年前的八月吧……听说她父亲死的时候，也是在八月的大热天。女儿尸体被发现，到他死的时候刚好四年。你也被查问过，所以知道这件事吧？她父亲应该是自杀的吧！据说在海边捞起他的尸体时，已经不成样子了……

她的祖父母没有对街坊邻居说起孙女失踪的事吗？你住的地方离她祖父母家很近吧？你一点也没有听说过她失踪的事吗？也难怪，她母亲打电话询问的时候，她的祖母都没有告诉她孙女来过……

如果是那样的话……不……别说了……我不愿再想下去了……那太可怕了……老师，你别说了，别再说下去了……求你别说了……她太可怜了……好像所有的人……所有人都在欺负她……

老师，我们现在该怎么办呢？把她的事情告诉她母亲和弟弟，还是让它永远成为一个秘密？我不知道该怎么办，我好像被困在黑暗中一样。

明明已经接近她死亡的秘密了，却不能把它暴露在阳光之下，反而让它笼罩在更深、更浓的黑暗中。我觉得好像再次将她遗弃在黑暗的隧道里……

老师……你怎么了……是这里太黑了吗？……我……什么也不……

…………

是啊，唯有这一点是毫无疑问的，她在电影中最后的表情……她静静地望着你，嘴角浮现出温柔的微笑……那个瞬间，我也看到了……

她脸上虽然带着寂寞和忧伤，但那绝不是一种被仇恨和痛苦纠缠的表情……而是一种平静地原谅了所有人的表情……在这个暗无天日的隧道里，她放弃了仇恨，选择了爱……

老师……

来，这个给你……你亲手把花献给她，让我们一起合掌为她祈祷吧!

她并不是想把自己遇害的真相公之于世。她引领我去她家，也不是为了控诉父亲的罪行。她拉着我去她的房间，是想让我看见在她的房间里，那张你与她的合照……然后，她让我把你带到这里来……

…………

原来是这样啊……所以在咖啡店的时候，你的脸色才那么难看啊……对，你那时一定认出了她……我想她一定就在我的身旁……

现在看来，我选择那所大学、发现那卷八毫米胶卷，以及小 K 把我介绍给你，所有的事情都是在她的意志影响下出现的结果……

本以为是自己的决定，但其实并不是自己所决定的……刚开始发现这个事实的时候，我觉得很遗憾，心想自己也许跟想从校舍跳下去那时一样，根本什么也没有改变……可是，我错了，也许她的意志的确左右了我的生活。可是，想帮助她的心情，的的确确是发自我自己内心的。这一点我可以肯定……

她一定是想让我活下去，引导我……对我说，坚强些，只要你活着的话，什么事情都可以做……看到她转过身来的笑脸时，我觉得自己做了一件非常了不起的事，我第一次为自己感到骄傲……

我想我会永远记得她，不管今后发生什么事……即使是觉得世界只有一片黑暗的时候，我也会想起她美丽的微笑，然后坚强地活下去……

老师……我有一个请求，你听了不要笑。你能让我坐在自行车后面，带我骑一段路吗？让我从山坡上滑下去，感受一下少女当时感受到的风……隧道里虽然黑暗，但是外面一定晴空万里。只要走出去，眼前就会立即一片光亮。然后，我们就会深刻地意识到：自己依然活着。夏日的阳光洒落在树叶上，在路上留下斑驳的树影，我们就从那些树下穿过吧……好吗？让我们在这里再缅怀她一下吧……

失去的世界

1

婚前，妻子是一名音乐老师。

她长得很漂亮，也很受学生欢迎，婚后还收到以前的女学生寄来的贺年卡和男学生写的情书。她很珍惜这些信，小心翼翼地把它们放到卧室的架子上。每次收拾房间的时候，她都会把信件拿出来看看，脸上洋溢着幸福的微笑。

妻子从小就开始学钢琴，从音乐学院毕业后，她的演奏听起来已经具备专业水平，但不知道为什么她没有成为钢琴家，我觉得很奇怪。不过，内行人还是可以听出她演奏中的瑕疵。婚后，妻子偶尔会在家里弹琴。

我却压根儿没有音乐素养，连三个音乐家的名字也说不上来。妻子在家常会为我弹上几曲。老实说，我根本不知道古典音乐到底有什么好听的。没有歌词、只有旋律的音乐该如何去欣赏呢？这对我来说实在是个难题。

认识三年后，我送了她一枚戒指。婚后，我们住在她父母的家里。我的父母都已过世，我很久没有可以称为"亲人"的人了。结婚后，亲人一下子就多了三个，接着一年后又多了一个。

女儿出生后不久，我和妻子之间的争执渐渐多了起来。我们都属于喜欢争论的类型，我们常各持己见，为一些小事争论到深夜。

刚开始，这种争论还能带给我们乐趣。互相倾听对方的心声，同时表达自己的意见。在接受和否定对方的过程中，我们都觉得加深了对彼此的了解，令彼此的心更接近了。可是后来，我们渐渐变得不压倒对方就不甘心。

我们开始争吵，即使岳母在一旁哄着哭闹的女儿时也不例外。谈恋爱的时候，大部分的人只会看对方身上的优点，即使发现对方的缺点也会用爱去包容。可是结婚之后，彼此一直紧密地生活在一起，缺点便一直"赖"在眼中挥之不去，变成互相嫌弃。

为了压倒对方，我们开始说一些伤害对方的话，有时甚至为了逞一时口舌之快，说出一些违心之言。

我并不是真的讨厌她。她似乎也和我一样，不是真的讨厌我。每当我看到她左手无名指上的戒指时，就能感觉得到。然而不知何故，我们总是互不相让，连退让一小步都不愿意。

只有她弹钢琴的时候，才会觉得戒指碍事，把它摘下来搁在一旁。以前看到她这样做的时候什么都没想，但自从我们经常争吵以后，我开始觉得那无言的动作好像在说：如果没有结婚，继续当钢琴教师有多好啊！

我是在和妻子吵架后的第二天遇上车祸的。我打开车库准备开车去公司，树上新绿茂盛的嫩叶令人赏心悦目。那是五月一个晴朗的早晨，青翠的绿叶上，滴滴朝露闪耀着太阳的光辉。我坐在驾驶座上，发动引擎后踩下了油门。到公司需要二十分钟左右的车程，途中开到十字路口时，红灯亮了，我停下车。正在等着绿灯的时候，驾驶座旁的窗户突然黑了。转头一看，我看见一辆货车的正面，它不只挡住了阳光，而且已经到了我的眼前。

我不知道自己是何时醒来的，又或者其实我依然在沉睡的状态。周围是一片黑暗，没有一丝光线，也听不见任何声音。

我不知道自己身在何方。我试着动弹一下，却发现自己甚至连转动一下脖子都不行，全身使不上力，甚至没有触觉。

只有右手肘的关节到手指部分有麻痹的感觉，前臂、手腕以及指尖的肌肤都好像被静电覆盖着一样。前臂的侧面好像接触着什么东西，感觉像是床单。那是我在黑暗中唯一能从外界得到的刺激。通过那一点点触觉，我猜想自己可能是躺在一张床上。

我弄不清楚自己到底处于怎样的状况下，心里顿时充满了恐慌和混乱，可是我既无法叫出声来，也没办法移动身体逃出去。眼前只有我从未见过的黑暗，无边无际的，完全漆黑。我期待着能有一丝光线划破这无边的黑暗，然而那一刻却迟迟没有到来。

寂静之中，甚至连钟表秒针的转动声都没有，所以我无法确定到底过了多久，右手手臂的肌肤却开始感受到温暖，就和阳光照在手臂上时所感觉到的那种温暖一样。可是，如果是那样的话，为什么我却看不到这个在阳光照耀下的世界呢？我不明白。

我想自己会不会是被关在什么地方，我试着移动身体，想从那个地方逃出去。可是除了右手臂以外，身体其他部分一动不动，好像都融进了周围的黑暗。

我想右手也许能动，于是在右手臂上使劲。我想移动身体的其他部位时，身体完全没有感觉，但是这次我感觉到手在动。肌肉在微微地伸缩，我感觉到只有食指在动，但在黑暗中，我无法确定那究竟是不是真的。不过，我感受到食指的指腹和床单接触的感觉，我的食指应该是轻轻地上下动了一下。

在无声的黑暗里，我不停地上下摆动着食指，我能做的也只有这些。不知道就这样过了多久，但我觉得同样的动作我已经重复了好几天。

忽然，我的食指接触到一样东西，是一只像是刚洗完盘子的冰冷的手。我之所以说那是一只手，是因为我感觉到食指好像被纤细的手指缠绕着一样。我居然没有听见那个人走路的声音，就像黑暗中凭空出现了一只手。我吃了一惊，但同时也发现除了自己以外，还有其他人存在，我为此感到高兴。

那个人似乎很慌张地握住我的食指，与此同时，我也感觉到有人把手心贴在我的手腕上。我想，大概是握住我食指的人把另一只手放在我的手腕上了吧！在这只手带来的轻微压迫感中，我感觉右手腕的肌肤接触到一种像金属般又硬、又冷的东西。

我猜可能是那个人手指上戴着的戒指接触到我的肌肤，我立刻想到一个左手戴着戒指的人。我明白了，摸我手腕的人一定是我的妻子。我听不见她的说话声、脚步声，甚至衣服摩擦的声音，黑暗中也看不见她的脸，唯一能感觉到的，就是她的手一次又一次地抚摩着我的右手腕。

她的手带来的触觉从我的手上消失了，我又一个人被留在黑暗里。只要一想到她再也不会回来，我就拼命地上下摆动着食指。我不明白为什么我的眼前一片黑暗，她却似乎可以看见周围，可以自由地来回走动。我想她应该也可以看见我上下摆动的食指。

过了一会儿，我的右手再次有被触摸的感觉。我立刻意识到不是我妻子的手，那是一双硬邦邦、布满皱纹的年老的手掌。那个人好像在检查什么似的，抚摩我的手指和右手心。那只手在我的食指上动着，好像在为它按摩。我拼命往食指上用力，而那只手好像在测量我的力气似的，紧紧捏住我的食指。这么一来，我的手指完全不是"对手"，立刻动弹不得了。我这时意识到，自己的手指即使能动，也不过是上下摆动一厘米罢了。只要稍微有外力阻挡，就完全不行了。

　　接着，一种像针一样尖锐的东西刺激着我的食指指腹。因为疼痛，食指自然地动弹了一下。这时手指上的疼痛立刻消失了，但针尖马上又刺到手心上。在寂静和黑暗之中，突然的疼痛袭击让我措手不及，心头一惊。我带着半抗议的意思上下摆动了几下手指，这时针刺的疼痛又消失了。仿佛有一条法则，只要动一动食指，针就会被拿掉。

　　我的右手被那根针刺了几遍，拇指、中指、指甲和手腕，每刺一个地方我都很痛，然后不得不频频摆动手指。针刺的位置从手腕慢慢向上一点点地移动，正当我担心针慢慢会刺到我的脸上时，疼痛突然在手的肘关节处消失了。最初我想，那人终于停止用针刺我了。可是我突然意识到，我根本感觉不到右手肘关节以外的部分有肌肤的存在。即使我的肩膀、左手、脖子和脚被针刺了，我也根本感觉不到。

　　我意识到，自己能够感到疼痛的地方只有右手肘关节以下的部分。静电似的麻痹感覆盖着我的右手，在没有声音和光线的世界里，只有这种感觉确确实实存在。

　　过了一会儿，又有人握住我的右手。不是刚才那只粗糙的老人的手，而是一只年轻的手。从那纤细的手指带来的触觉，我立刻知道那是妻子的手。

她不停地抚摩着我的右手。为了表示我能够感觉到她的抚摩，我拼命摆动食指。我想象不到在她眼里这样的动作代表什么，也许在她看来，这只不过是手指的痉挛罢了。要是可以发出声音的话，我早那么做了，可是我根本连是否在用自己的力量呼吸都感觉不到。

过了一段时间，我觉得右手好像被提了起来，手贴着床单的触觉消失了，紧接着手心贴上了一种柔软的东西。我立刻明白，那是妻子的脸颊。我感觉到手指被打湿了，她的脸颊是湿的。

我的手腕被她的手支撑着，前臂内侧接触到一样坚硬的东西，那好像是妻子的指甲。

她的指甲像画画似的在我的肌肤上滑动。最初我不知道她想干什么，在她一遍遍地重复同样动作的过程中，我渐渐明白了，她用指甲在我的手上写字。我把精神都集中在右手的皮肤上，想知道她的指甲是怎样活动的。

"手指 YES=1　NO=2。"

她用指甲写下这样一组简单的文字。我理解了她的意思，上下摆动了一下食指。一直重复写着同样文字的指甲触感消失了。隔了一会儿，妻子用一种试探似的速度再次在我的手上写起来。

"YES？"

我让食指上下摆动了一下。

就这样，我们以这种笨拙的方式开始了沟通。

2

我身处于一个无边无际、完全黑暗的世界。

这里一片寂静，听不到任何声响，我的心陷入了一种无边的寂寞之中。即使身旁有别人在，只要不接触我的皮肤，那就和不存在没有区别，而妻子每天都来陪伴这种状态下的我。

她在我的右手内侧不断写字，让黑暗中的我得知外界的各种消息。最初还没有习惯的时候，即使集中精神感受她的动作，还是很难分辨她写的是什么字。每当没弄清楚她写什么的时候，我就摆动两下食指表示否定，然后她就把写过的字重新写一遍。渐渐地，我辨别文字的能力越来越强。后来，我甚至能在她写字的同时，立即就理解她的意思。

　　如果相信她在我手上写的内容的话，我所在的地方是医院的病房。四面是白色的墙壁，病床右边有一扇窗，她就坐在窗户和病床之间的椅子上。

　　我在十字路口等待绿灯的时候，打瞌睡的司机驾驶着一辆货车撞过来，让我受了重伤。我全身多处骨折，内脏也受到严重损伤，脑功能发生障碍，使我失去视觉、听觉、嗅觉、味觉，还有右手前臂以外地方的触觉。就算骨折能够痊愈，那些感觉也没有恢复的希望。

　　得知自己的状况后，我动了动食指。不管心里有多么深切的绝望，此时的我连哭的能力都没有了。要将我悲哀的呼喊传达给她的方法，就只剩下摆动手指了。可是，她能看到我的悲哀吗？在她看来，像戴了面具一样毫无表情地躺在病床上的我，只不过是动了动手指头罢了。

　　我无法用眼睛迎接早晨的来临。但当我感觉到阳光的温暖包围着右手皮肤时，我知道黑夜过去了。最初在黑暗中苏醒过来时的那种麻痹感逐渐消失，肌肤的感觉也恢复到了以前的状态。

　　早晨到来后不久，我会突然感觉到妻子的手。于是我知道，她今天又来病房看我了。她先在我的右手写上"早安"，然后我动一动食指表示响应。

到了晚上要回家的时候，她会在我的手上写"晚安"，然后她的手就会消失在黑暗中。每当这时，我都会想，自己是不是已经被遗弃了，妻子是不是再也不会来了。只有当右手在阳光的温暖中再次接触到她的手时，我才能真正感到安心。

她一整天都在我手上写字，告诉我天气和女儿的情况等各种事情。她说，她得到保险金和货运公司的赔偿金，目前的生活没有什么问题。

除了等待妻子告诉我各种消息以外，我没有别的办法。我想知道时间，却没有办法让她知道我的需求。不过，她每天早上来病房看我的时候，都会在我的右手上写下当天的日期。

"今天是八月四日。"

一天早晨，妻子这样写道。意外发生后已经过了三个月，那天的白天，病房里来了客人。

妻子的手忽然离开了我的右手腕，我一个人被遗留在黑暗无声的世界里。过了不久，我的右手接触到一个小小的温暖物体。它像出了汗一样湿润，而且热乎乎的，我很快就知道那是女儿的小手。妻子用指尖在我的右手臂上写着字，告诉我，她父母带着女儿来看我了。一岁女儿的手，大概是由妻子放到我的右手上来的。

我上下摆动食指，向岳父、岳母和女儿打招呼，他们来看过我好几次了。和妻子不一样的手依次触摸我的右手，那是岳父、岳母向我问好的方式。他们触摸我的右手时留下的触感各有特征，首先，我能感觉到每只手不同的柔软和粗糙程度，还有从触摸皮肤的面积和速度，我可以感觉到他们内心的恐惧。

从女儿的触摸中，我感觉不到她的恐惧。她的触摸方式好像在试探眼前的不明物体。我在女儿的眼里大概并不是一个人，而只是横卧着的、一动不动的物体罢了！这让我受到莫大的打击。

女儿跟着外公、外婆回去了。我想起她触摸我时的感觉，就觉得好心痛。我记忆中的女儿还不会说话，遇到意外前，她甚至还没叫过我一声"爸爸"。然而，在我知道女儿用什么样的声音说话之前，我却永远失去了听力，也永远看不见她蹒跚学步的样子，永远闻不到把鼻子贴在她头上时嗅到的气味了。

有知觉的只有右手的表面，我觉得自己好像变成了一只右手。在意外中手被截断了，身体和右手分离，而又出于某种原因，"我"这个思考的主体住进了断掉的右手里。虽说我躺在医院的病床上，可是这和一只断臂在病床上躺着没什么区别。看到这样的我，女儿怎么可能认得出我就是她的父亲呢？

妻子的指尖在我的右手上滑动，问我是不是为了无法看见女儿成长而悲伤。我动了一下食指，告诉她是的。

"很痛苦吗？"

妻子这样写道。我肯定地回答。

"想死吗？"

我毫不犹豫地选择了肯定的答案。根据妻子提供的信息，我是依靠人工呼吸器和打点滴来维持生命的。只要她伸伸手，关掉人工呼吸器的开关，我就能从痛苦中获得解脱了。

妻子的手从我的右手上挪开了，我被留在黑暗中。我不知道她要做什么，但我想象着她从椅子上站起来，然后绕过病床，向人工呼吸器走去。

可是，我错了。妻子的手忽然又一次出现在我唯一的知觉中，她好像没有从椅子上站起来，而是一直坐在我身旁。

从接触面的形状判断，放在我手臂上的好像是妻子的左手掌，但是感觉与平时有点不同。平常她用左手心抚摩我的手臂时，戒指带来的冷冰冰的感觉，此刻已经消失了，她好像摘下了戒指。我还没来得及思考为什么，就感到有什么东西在敲打着我的手臂。

敲打的东西好像是手指。说是敲打，但力量不像是用手心拍打那么大，像只用了一根手指头，轻轻地敲在我的肌肤上。她的手指在同一处敲了好几次，好像在犹豫什么，又好像在为某件事情做热身运动。

最初，我以为妻子想对我说什么，可是她的手指连续敲打着，好像没有等我响应的意思。

敲打的手指最初是一根，不久增加到两根，好像用食指和中指交替着敲打。皮肤感受到的压力越来越强，我感觉到她开始用力弹起来了。

手指的数目渐渐增加，最初分开的敲打逐渐连成一串。最后，十根手指一并在我的手臂上跳动起来，感觉像一枚枚小炸弹在手臂上连续爆炸一样。接着，她的力量减弱，一颗颗雨滴"噼里啪啦"地打在我的手臂上。我明白了，原来她把我的手臂当成钢琴键盘在弹奏。

靠近手肘关节的部分是低音键，靠近手腕的部分是高音键，我按照这样的规律再去感受她的敲击，发现她的敲击的确可以奏出音乐的旋律。一根手指敲打在皮肤上的感觉只是一个点，但是当它们连接起来的时候，手臂上好像形成了波浪。

我的右前臂好像变成了宽阔的溜冰场。妻子的手指带来的触感刚从手肘关节处顺畅地沿直线滑到了手腕，忽然又像快步走下楼梯一样"嗒嗒嗒嗒"地跳回手肘关节的位置。她时而让手指在我的前臂上疯狂跳跃，大地都仿佛会因此震动；时而又让十根指头像窗帘在微风中飘摆一样，轻轻地从我的手上滑过。

那天以后，妻子每次到病房来看我的时候，都会在我的右手臂上弹奏一番，之前用来写字的时间都变成了音乐课。在弹奏前和结束后，她会在我的手上写出那首曲子的名称和作者。我很快把它们记住了，遇到喜欢的曲子时，我就动动食指。我是想用它来表示鼓掌的，可是这个动作在妻子眼里代表了什么，我不敢肯定。

我的周围比终年照不到一丝光线的深海还要深沉、黑暗，是连耳鸣的声音都听不见的完全静寂。在这样的世界里，妻子的手指所带来的触感和节奏，就像是单人牢房里唯一的一扇窗。

意外发生之后一年半，冬天来了。

不知是不是妻子打开了病房的窗户，外面的冷空气吹到右手上，我吃了一惊。在无声的黑暗中，我看不见有人靠近窗户或打开窗户。我想大概是妻子在打开窗户换气吧！我右手的皮肤感受到室内温度的下降。

过了一会儿，我的右手接触到一样冰凉的东西，应该是妻子的手指。然后，手指在我的手臂上写了几个字。

"吓了一跳？"

我动了一下食指表示肯定，但无法得知妻子看到我的回答后是怎样的表情。

手指又写了几个字，这次是告诉我演奏就要开始了。她还说，在演奏前先让她暖暖手。

我的手臂上感受到一股温暖潮湿的风，我推测那应该是她为了暖手而哈出的热气，吹到了我的皮肤上。暖风消失后，演奏开始了。

我已经牢牢地记住她手指弹奏的次序、位置和时间等。即使她不告诉我曲名就开始演奏，我也能很快知道她弹的是哪首曲子。当她的手指在我的皮肤上跳动时，我总觉得我能看到一些影像，有时是模糊不清的色块，有时是曾经度过的幸福时光。

同一首曲子，我却总是听不厌，因为她的演奏不是绝对一成不变的，每天都会有微妙的差异。当我完全记住一首曲子后，便能通过皮肤察觉到演奏中那细微的时间差，由此形成了不同的影像，在黑暗中产生与上次听同一首曲子时不同的景色。

不知从什么时候开始，我发觉那种微妙的差异才是妻子内心世界的表现。当她的心安定、平静时，手指的动作就像睡梦中的呼吸一样温柔。当她的内心充满矛盾和疑惑时，我能察觉到她的弹奏中有一瞬间仿佛从楼梯上滚落下来。在弹奏时，她无法说谎。我的皮肤所感受到的刺激，潜藏着她最真实的想法。

妻子的弹奏突然中断了，温暖的气息再次吹拂我的手臂，我好像透过黑暗看见她那被冻得发红的细长手指。随着手臂上的气息消失，演奏又恢复了。

指尖的触感像是在摇晃着我的手一般移动着，我感觉到自己好像躺在海边的沙滩上，温柔的波浪一层层地拍打在我的手上。

　　我回想起出事前，和妻子之间说过的互相伤害的话，内心因为后悔而备受煎熬。我非常渴望向她道歉，然而，我已经没有任何方法可以向她表达我的歉意了。

3

还不如干脆让我死了呢！我在心里无数次诅咒上帝。为什么我必须在黑暗和无声的世界里，熬过生命中剩下的几十年，保持这样的状态变老到死呢？一想到这里，我就真希望自己能够疯掉。一个发疯的人是没有时间观念的，不知道自己是谁，那么我就可以变得平静了。

我不能动弹，也无法发出声音，只留下了思考能力。无论头脑如何思考，我都看不见、听不见，也不能表达自己的心情，只有充满了对光明和声音的渴望。

妻子和其他人在黑暗的彼岸来回走动，然而，我却没有任何办法将自己所想的传达给他们。虽然我能够通过食指来肯定或否定那写在手臂上的问题，但这样是不够的！在旁人看来，我和一个躺在床上、面无表情的人偶没有区别，可是事实上，我的脑中总在思考着各种各样的事情。

但是，我只能靠上下摆动几下食指来将自己所想到的事吐露出来，这样的感情出口也着实太小了吧！即使内心感情澎湃，但我既不能哭，也无法笑。我的胸膛就像把水积存到极限的水库一样，肋骨没有从内侧被撑断，简直是奇迹。

我这样真的可以叫作活着吗？像我这样，不过是一块会思考的肉块罢了。活人和肉块之间的界限到底在哪里呢？我又属于哪一边呢？

我到底是为了什么而活到现在的？难道说是为了变成这样的肉块，才从娘胎中出生、去学校上课，然后工作的吗？人到底是为了什么目的而诞生于世，在地上生活直至死去？

我想，如果我没有出生该多好啊！事到如今，我想自杀都没有办法实现。如果我的食指下面有一个往自己血管里注入毒药的开关，我会毫不犹豫地按下去。然而，没有人会大发慈悲地为我准备这样的装置，我也没有办法向别人提出要求。

我想停止思考，可是在无声的黑暗中，唯一活着的就是我的脑髓。

不知不觉间，车祸发生后已经三年了。妻子每天都会来病房陪我。她在我的手臂上写字，告诉我当天的日期、家里发生的事情，以及世界各地的新闻等。她从来没有在我的手臂上吐露过内心的痛苦和悲伤，总是告诉我，她今后会一直陪在我身边，让我鼓起勇气。

根据妻子提供的消息，我得知女儿已经四岁，可以蹦蹦跳跳，会说话了。可是，我无法确认那是不是真的。就算女儿因为感冒没治好去世了，我也没有办法知道。就算妻子告诉我的日期不正确，就算家里的房子被一场大火烧了，我也不会知道，我只能相信妻子告诉我的都是事实。

尽管如此，有一天，我还是察觉到妻子露出了破绽——那是她在我右手臂上为我弹奏的时候。

她的手指为我的手臂带来触觉刺激，让我的脑海里浮现出各式各样的影像，我想那应该和她脑海中的影像是一样的。从这个渠道得知的妻子的情况，应该比从手臂上的文字内容更真实。

那天，我和往常一样，倾听着她所弹奏的无声音乐，那是一首我已经听她弹过几百遍的曲子。第一次听这首曲子的时候，根据她频密跳动的手指，我想象出一幅小马奔跑的图像，但是那天，我听到的曲子里找不到小马奔跑的影子。曲调有微妙的紊乱，我从她的指尖感受到的，是一匹疲倦的马拖着沉沉的脑袋，在缓缓地前行。

妻子是不是遇到了不如意的事？但她在我手臂上写的文字，丝毫没有阴沉晦涩的词语，还是和以前一样只有一些明快的、让人充满信心和勇气的话。我无法询问她的情况，也无法窥探她的表情，只有弹奏和言语间的矛盾留在我心里。

她的演奏中带着疲惫的影像并不仅仅发生在那个时候。从那次以后，她不管弹什么曲子，我皮肤上组成的音乐中再也找不到明朗和轻快。相反地，却让人感受到她的窒息和看不见前途的绝望。她在弹奏中表现出来的差异其实微乎其微，一般是难以察觉的，可能连她自己都没有注意到她的演奏和以前有所不同了吧！

我意识到，她累了。

很明显，原因就是我。我不能像一副枷锁一样缚住她。她还年轻，有充裕的时间来重新开始自己的人生，可是因为我半死不活的状态，让她无法重获新生。

如果她和别人再婚的话，会不会遭到旁人的非议呢？还是会得到他们的同情和理解呢？总之，她不忍心抛弃变成了肉块的丈夫，每天都到病房来把我的右手臂当成琴键，为我演奏。

然而毫无疑问地，她的内心充满了痛苦。不管她再怎么用语言伪装，她的指尖却展现了她心中所感。我在她的演奏中窥见的那匹筋疲力尽的马，可能就是她自身的样子吧！

妻子那充满着无限可能的人生，今后将一点点地消耗在陪伴我这团肉块的日子里。我在意外中失去了人生，而为了照顾我不得不每天来病房的妻子，也是一样。

一定是她那颗善良的心使她不愿意抛弃已变成肉块的丈夫。

我不知道该如何是好，但我必须使她重获自由。然而，她的离开就意味着我将永远一个人被遗留在黑暗和无声的世界里。更重要的是，即使我想到什么，也无法让她知道我的想法。除了将自己交给她以外，我别无他法。

时间并未因黑暗和寂静而停止，意外发生后已经四年了。随着时间的流逝，妻子的弹奏中那沉重和苦闷的气氛越来越浓烈。那种微妙的感觉，常人是感受不到的。但对我来说，妻子的弹奏就是我的全世界，所以我能敏锐地感觉到她的痛苦。

二月的某一天。

她在我的手臂上弹奏了一支明快的曲子，指尖密集地敲打在我的手臂上，这让我看到一只蝴蝶在风中翩翩起舞的样子。乍看予人平和的感觉，可是仔细一看才发现，那只蝴蝶的翅膀上沾满了血。那是一只无处停歇、不管多痛苦也不得不永远不停地拍动翅膀的蝴蝶。

弹奏持续了一会儿后就中断了，她一边休息，一边在我的手臂上写起字来，内容是一些和演奏截然不同的愉快的家常话。

"指甲又长得这么长了，我得赶快帮你剪掉。"

写完之后，她碰了碰我的食指，想看看我的指甲。我把所有的力气都用在食指上，想用指甲抓破她的皮肤，让血流出来，借此表达我要她杀掉我的愿望。

我希望她杀死这可怜的肉块，我祈求自己能结束这所谓的生命而获得解脱。然而，食指的力量太弱，根本不能达到我的目的，甚至无法按动她的手指，我充满诅咒的情绪无法发泄。

尽管如此，她似乎还是通过皮肤的接触感受到一点点我的心情，这是我在她重新开始弹奏时感觉到的。

妻子落在我手臂上的指尖，像是演奏者揪紧了胸口似的弹奏着。她在我手臂上弹奏的不再是刚才那首明快的乐曲，而是像堕入无边黑暗的洞穴一样的曲子。

"弹奏"这个词实在不足以形容她的动作。我感觉到她把内心深处的情感都集中到了手指上，运用它们疯狂地撞击着我的皮肤，我甚至感到被指甲抓挠的疼痛。这种疼痛源于她内心的苦闷和痛楚，一种不得不把自己的人生和对肉块丈夫的爱放到天平两端而引发的痛苦。每当她的指尖接触到我的肌肤时，什么也不可能听见的我却好像听见了她痛苦的呐喊。她在我手臂上的弹奏，比以往我所接触到的任何东西都更有一种疯狂的美。

过了一会儿，就像琴弦"啪"的一声断了一样，弹奏戛然而止。我手臂的肌肤上出现了十个尖锐痛点，我想大概是妻子十个手指头的指甲刺在我的手上。接着，几滴冰凉的液体落在我的手臂上。我知道，那是她的眼泪。

手臂上的压迫感很快消失了，她也随之消失在黑暗中，不知她是不是离开病房去了什么地方。过了好一阵子，她都没有回到我的皮肤表面来。她的手指离开了，那疼痛却还留存着。当我自己一个人被遗留在寂静和黑暗中的时候，我终于想到了一个自杀的方法。

4

突然有东西出现在我右手的手臂上，从接触到的面积和形状，我很快判断出那是一双手。那手上布满了皱纹，表面很僵硬，从它的触摸中找不到妻子那样的柔情和关爱。我立刻意识到，那是医生的手。自从四年前在黑暗中醒来以后，我不止一次接触过这双手。

我想一定是妻子把医生叫来的。我想象着她在一旁紧张地等候医生诊断的样子。

医生提起我的右手，手臂侧面的床单的触感消失了。医生握住我的食指，然后像按摩似的弯折食指的关节，像在检查食指的指骨是否正常。

接下来，右手被再次放回床单上，医生触摸的感觉消失在黑暗的深处。过了一会儿，我感觉到食指指尖被针刺了，非常痛。可是这次我已经事先预知了，于是我强忍着疼痛，不让食指动弹。

我是在昨天晚上下定决心的。夜晚过去了，当我的皮肤感受到从窗口照射进来的温暖朝阳时，我的自杀行动已经开始了。

妻子和往常一样到病房来看我，在我的手上写了"早安"，但我没有动一下食指。

妻子最初可能以为我还在睡，她的手离开我的右手表面，消失在黑暗深处。她好像开了窗，外面的空气吹到我的手上。外面似乎非常寒冷，吹到手上的空气冷得几乎可以让人失去知觉。妻子每天都告诉我当天的日期，所以我知道现在已经是二月了。我的脑子里想象着妻子的样子，她看着窗外的景色，呼出白色的气息。

只要不触摸我的右手，即使有人在病房里，失去视觉和听觉的我也不可能知道。但是那天早上，直觉告诉我，妻子打开窗户后就坐在床边，等待我从睡梦中醒来。我感觉得到她落在我食指上的视线所带来的压力。我死也不动一下手指，始终保持着沉默。

　　过了一阵子，妻子好像意识到我的手指不动有些异常，她轻轻拍了拍我的右手，在手臂上写了一行字。

　　"喂，该起床了！已经快中午了。"

　　四年来，她写字的速度和复杂程度已经和说话没什么区别，我也可以像听声音一样，通过皮肤来理解她所写的话。

　　我没有做出任何反应，于是她又开始等待我醒来。过了一阵子，她又拍拍我的手叫我起床。这样反复了几次以后，已经中午时分，她终于忍不住叫医生来了。

　　医生不仅用针刺我的食指，而且右手的手掌、小指的关节、手腕等所有地方都被针刺了一遍，但我必须坚持住，不能因为疼痛或惊吓而动手指头。我必须让医生和妻子认为，我的手指已经不能再动弹了，我的肌肤已经不能再感受到刺激。我必须让他们相信，我已经成为一团不能再与外界有任何交流的肉块。

　　不一会儿，医生用针刺的疼痛消失了。我始终没有动一下手指，自始至终保持着沉默，恍如一块石头一样。

　　接下来的一段时间，谁也没有碰我的右手，我想一定是医生在向妻子说明检查的结果。过了很久，一只温柔的手为我的右手带来了触感，我不用寻找冰凉的戒指就可以肯定，那是妻子的手。

她将我的右手掌心朝上平放着，然后把两根手指放在我的手臂上。从位置和触感来判断，那应该是食指和中指。我仿佛看见黑暗深处浮现出两根白白的手指，指尖带来的触感很微弱，朦朦胧胧的，那朦胧的触感从手肘关节轻轻地滑到了手腕。

一些如发丝一般细细的东西落在手臂上，然后散开了。我的手心里有一种湿湿的、柔软的压迫感，我立刻知道是妻子把脸颊贴在我的手心里。黑暗中，我看到她跪在床前，脸靠在我手心里的样子。

她呼出的温热气息轻轻地冲击着我手腕的表面，向手肘关节的方向温柔地拂去。但是，那气息一过了手肘关节位置，就在黑暗中消失得无影无踪了。

"亲爱的，动动你的手指头吧！"

脸颊的触感从手上消失了，她的指尖又开始在手臂上写起字来。

"难道真像医生说的那样，你的手指不能再动了吗？"

她写完问题以后，留了一段时间等待我的回答。看见我的沉默以后，她又一个劲地写起来，她写的是从医生那里听到的诊断报告。

医生对于患者不再用食指做出反应一事，也无法做出准确的判断，不知道患者是最终陷入了全身麻痹的状态，还是只是手指不能再活动但肌肤仍然可以感受外界的刺激。医生还对她说，也有可能是长期的黑暗使患者不再对外界刺激有所感觉了。

"亲爱的，你的手还有感觉对吧？你的手指还能动，对不对？"

妻子的手颤抖着，慢慢地写道。在黑暗无声的世界里，我注视着那些词语。

"你在撒谎！"

几滴可能是眼泪的液体一滴滴地落在我的手臂上，让我联想起从屋檐滴下的雨水。

"你是在装死，对不对？你听着，如果你还不做出反应的话，我以后就不再来看你了哦！"

她移开了手指，像在等待我的回答。我感觉到她在注视着我的食指，但我仍然一动不动，于是她又开始写起来。她指尖的滑动越来越快，越来越急，我能从中感受到一种全心全意向神灵叩拜、祈求保佑时的认真和执着。

"求求你，回答我！否则，我将不再是你的妻子！"

她的手指这样写道。在黑暗中，我看到她哭泣的样子。我的食指仍然一动不动。我甚至在完全无声的寂静中，感受到我和妻子之间的沉默。不一会儿，她的手指无力地搭到我的手上。

"对不起，谢谢。"

她的手指在我的皮肤上慢慢地滑出几个字，然后她的指尖离开了我的手臂，融进了黑暗中。

从那天以后，妻子仍然到病房来探望我，为我演奏，不过不再是每天，而是每两天来一次。这个频率不久就减为三天一次，最后她的来访变成了一星期一次。

用手臂听得出来，妻子以前的弹奏中那种沉重和苦闷消失了，连续跳跃的指尖好像一只小狗在手臂上跳舞。

有时，我能从她的弹奏中感受到一种近乎罪恶感的情绪，我想那是妻子对我的内疚。她有这种感觉不是我所希望的，然而不可思议的是，这种情感使弹奏更加动人。在手臂上流淌的无声音乐中，我窥见她向命运乞求原谅的美丽身姿。

演奏的前后，妻子仍然在我的手臂上写字，和我说话，但我始终没有做出反应。而她好像也不在乎，不停地用指尖向一动不动的肉块报告自己的近况。

有一天，我右臂上出现了一只战战兢兢的手。我在黑暗中集中注意力，想知道那是谁的手。那手比妻子的小得多，而且更加柔软。在小手旁边是妻子的手，我知道，那小手是女儿的。

我记忆中的女儿是还必须被妻子抱在怀里的婴儿，可是现在，女儿的手触摸我手臂的时候，不再是婴儿般不带任何意思的触摸方式了。但我从她的触摸中可以感觉到，她对一具无法言语、横躺的肉体抱有的恐惧和好奇。

"我现在正教这孩子弹钢琴。"

妻子在手臂上这样写。然后，妻子的手离开我的皮肤，接触我的只剩女儿一个人。

女儿的手和成年人的相比好像更加纤细，我感觉手上好像放了一只小猫伸出的爪。

女儿的手指开始笨拙地弹奏起来，仿佛伸出爪子的小猫在肌肤上跳跃、打滚。她弹奏的曲子非常简单，根本无法和妻子的演奏相比，但我的脑海里浮现出女儿一心一意弹奏的身影。

从那次以后，女儿也常常和妻子一起来看我，在我的右手臂上为我演奏。随着时间的流逝，女儿的琴艺一天比一天精湛。我从手臂上跳跃的指尖所带给我的触感中，感受到女儿开朗的性格。演奏中偶然夹杂着一些不受拘束、非常活泼和容易厌倦的性格元素，通过女儿在手臂上编织成的世界，我比亲眼所见更加深刻地了解到她的成长。

不久以后，女儿上小学了。她用尖尖的手指，在我的手臂上慢慢地、慎重地写下两个字。

"爸爸。"

字体是小孩子特有的，有些歪歪斜斜，但写得很清楚。

又过了很长很长的时间，没有人告诉我经过了多久，我无法知道自己身处何年何月。不知从何时开始，妻子再也没有来看过我，女儿的来访也同时中断了。

是妻子发生了什么事情，或者只是把我遗忘了，我不得而知。没有人告诉我她的情况，我只能一个人想象。如果是因为生活忙碌充实，没有时间想起我这个肉块丈夫，我会很高兴，因为她不应该再和一个不会说话的物体纠缠不清。遗忘，是我最希望的结局。

我最后一次在手臂上听女儿演奏的时候，她的琴艺已经可以和妻子相媲美了。女儿已经很久没有到病房来了，她应该已长大成人，也许已经结婚，生了小孩。我无法得知时间流逝了多久，也不知道女儿现在的状况。

其实，别说女儿了，我连自己多老了也不得而知。我甚至想，或许妻子已经年老体衰，寿终正寝了。

我的世界依然是一片黑暗和寂静，床单上躺着的右臂也无法再感受到阳光的温暖。我的床大概已经被移到一间没有窗户的房间里，而世界依然没有消失，我残缺的生命依旧靠人工呼吸器和药物点滴而延续着。

我想象自己一定是被塞进了医院的角落里，像存放旧物品一样。那里一定是个像储藏室一样的房间，周围堆放着各种积满厚厚灰尘的东西。

再也没有人触摸我的手，医生和护士可能都已忘了我的存在，但这又有什么关系呢？有时，往食指上一用力，我发现它依然能上下活动。

手臂上还隐约残留着妻子和女儿在上面弹奏时留下的感觉。我一边在黑暗中回味，一边想象着外面正在发生的一切。

人们今天依旧在唱歌，依旧在听着音乐吧！就算我被当作一件不会说话的物品，存放在储藏室里，时间仍然是不会停止的。自己虽然置身于黑暗和寂静之中，然而，世界还是充满光亮和声响的。人们一定还是和以往一样，出生、生活，欢笑、哭泣，不断重复着生命的旅程吧！

我描绘着早已逝去的风景，静静地把自己重新交给无穷无尽的黑暗。

后
记

　　角川书店出版我的首部单行本《GOTH 断掌事件》时，书末曾经放了一本《未来预报》的广告。现在，这本短篇集就是由之改名而来的。书中收录的四篇小说中，有三篇曾刊登在杂志《青春步伐》（*The Sneaker*）上。

　　《未来预报》是于二〇〇一年初夏时写的，在写《GOTH 断掌事件》的第一篇之前不久、大学毕业后的几个月。那时，朋友不是忙着考研究所就是投身社会工作，只有我一个人什么也没有做，每天打工混日子。于是，我产生了危机意识。而所谓的危机意识，就是不投入社会工作，只靠写小说能糊口吗？但是，如果要我正正经经地找一份工作，我一定会神经衰弱得到处找绳子上吊吧！所以，我决定放弃普通人的生活。

那时，碰巧编辑发来邀约："杂志要做一个关于悲痛的特辑，你来写这类故事吧！"我为了生活便接受了这份工作，然而，这却是噩梦的开始。

我没有任何灵感。"悲痛"这种束缚，真的令人苦痛万分。

我向他们打听究竟为什么要做"悲痛特辑"，他们说，因为我之前写的短篇小说很具有"悲痛"的元素。那个故事是以我在大学时代所思考的事情为创作原动力的，但随着毕业，我的烦恼早已消失，脑中的皱褶也变得平滑，平滑到甚至忘记了应该如何写小说。该怎样塑造出场人物呢？该如何铺陈整个故事呢？如何打字？如何储存档案？如何打开计算机？如何换裤子？我全都忘了。但是，截稿日却一天一天逼近。我后悔了，如果当初没有接受这份差事该有多好！我想我只有以死谢罪。如果有一个已打开的罐头放在身旁，我就会用罐盖那凹凸不平的切口割腕。然而可惜的是，我身旁没有罐头，所以我就活到了现在。真的很危险呢！

我就是在这样的状态下写出《未来预报》的。在写"某某特辑"时，我那顽固的脑袋早已立誓不要再受金钱的诱惑而接下工作。但是，这个誓言不知何时从我平滑的脑袋上慢慢滑到耳朵，接着在不知不觉间消失得无影无踪——那不过是几个月后的事情。

"请你为我们的恐怖特辑写点东西吧！"

"我知道了。"

虽然接下了这个工作，但我还是没有任何灵感。晚上，我就四处找罐头，但因当时我的主粮是夹心面包，所以一个罐头也没有。可能有点离题，但我的身体有三分之一是由夹心面包组成的。我会阅读别人寄来的有关夹心面包的新闻邮件，我可是站在夹心面包业界的最前线。其实，我的计算机桌面也是夹心面包的照片呢！看过的朋友都脸色发青地说："你疯了……"自此以后，有朋友来我家时，我一定会事先换一张正常的计算机桌面。

我就是在这样的状态下写出了《胶卷中的少女》的。经过这两件工作，我明白了一点：

若不是自己想写的时候，就无法开始写作。如果要写的小说早有既定的题目，不知何故，我就会四处去找罐头，所以我决定不要再为酬金而轻易地接下工作了。

在这个大前提下，《小偷抓住的手》是我非常喜欢的一部作品，因为那纯粹是我因想写而写的。我感觉到我那平滑的大脑，终于也跑出了美好的一面。

新作终于在最近完成了，那是二〇〇二年十一月的事。那时，我突然听起古典音乐来，然后有了一种"呀，对了！"的感觉，就写起故事来。如果灵感经常如此浮现，我就不会这么辛苦了，但拜我那平滑的大脑之赐，这样的次数很少。另外，我的新作最后却没有如期推出，那时候如果传出我死亡的消息，我也愿意承受。我的首本单行本《GOTH 断掌事件》刚推出不久，但我并不打算趁势进军主流小说界。我现在只想一边享用《GOTH 断掌事件》的版税，一边为兴趣而悠闲地写小说（某出版社的小说），完全无视截稿日期。不过，我觉得现在非常幸福。

感谢你把这篇《后记》读完。

乙一

二〇〇二年十一月二十四日

文治

磨铁图书旗下子品牌

更 好 的 阅 读

出 品 人　沈浩波

特约监制　潘　良　于　北

产品经理　苟新月

特约编辑　郑晓娟

版权支持　冷　婷　李孝秋　金丽娜

装帧设计　609工坊

关注我们

官方微博：@文治图书

官方豆瓣：文治图书

联系我们：wenzhibooks@xiron.net.cn

图书在版编目（CIP）数据

寂寞的频率 /（日）乙一著；杨爽，秦刚译.
杭州 ：浙江人民出版社，2024. 8（2025.5 重印）.
-- ISBN 978-7-213-11517-2

I. I313. 45

中国国家版本馆 CIP 数据核字第 2024DX8494 号

寂寞的频率
JIMO DE PINLü

［日］乙一 著　杨爽 秦刚 译

出版发行	浙江人民出版社（杭州市拱墅区环城北路 177 号　邮编 310000）
责任编辑	徐　婷
责任校对	姚建国
封面设计	609 工坊
电脑制版	顾小固
印　　刷	三河市中晟雅豪印务有限公司
开　　本	880 毫米 × 1230 毫米　1/32
印　　张	7
字　　数	140 千字
版　　次	2024 年 8 月第 1 版
印　　次	2025 年 5 月第 3 次印刷
书　　号	ISBN 978-7-213-11517-2
定　　价	54.00 元

如发现印装质量问题，影响阅读，请与市场部联系调换。
质量投诉电话：010-82069336

浙 江 省 版 权 局
著 作 权 合 同 登 记 章
图字：11-2024-205 号